JN229685
「女じゃないんだから、そんなところ触らないで……」
「知らないのか？　乳首を刺激されて感じるのは女性だけじゃない」
その言葉を証明するように藤村は乳首を摘んできた。（本文より）

虎之介の恋人

～梨園の貴公子番外編～

ふゆの仁子

イラスト／円陣闇丸

この物語はフィクションであり、実際の人物・団体・事件等とは、一切関係ありません。

CONTENTS

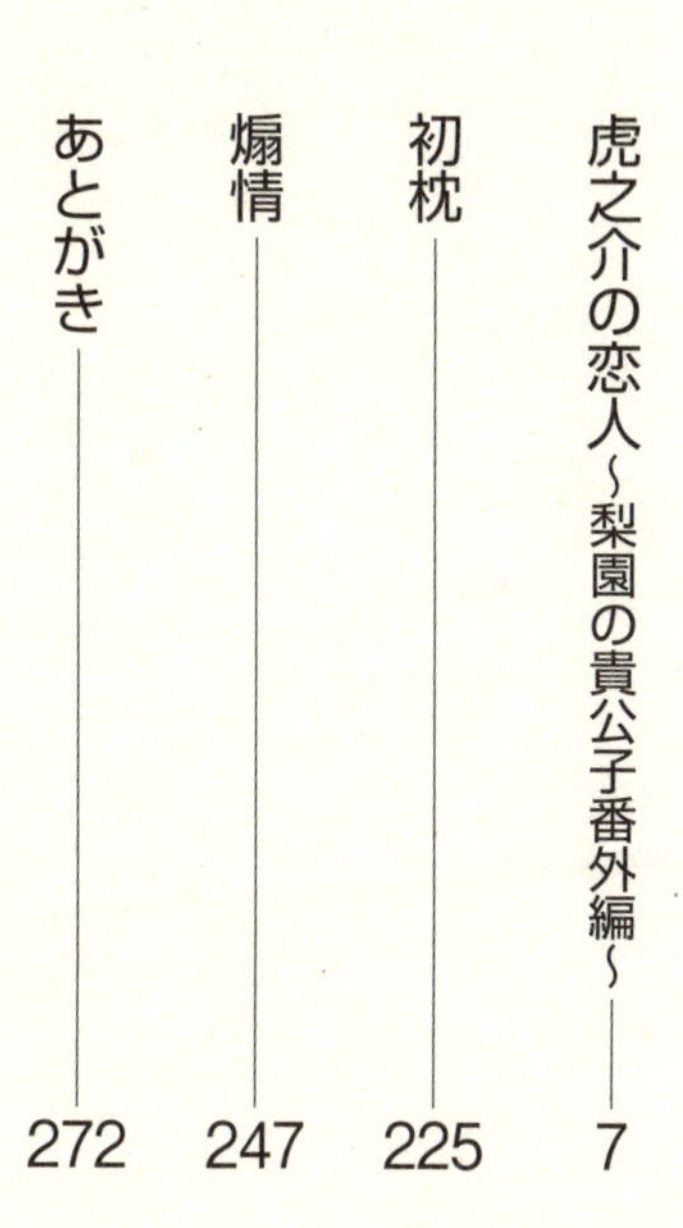

虎之介の恋人～梨園の貴公子番外編～

1

「つき合ってほしいんだけど」

吉野芹の目の前に立っているのは、大学の一年上の先輩だ。平城真由という彼女は、幼い見た目や言動や仕草のせいか、芹よりも年下に見える。女性ファッション誌で読者モデルとしても活躍していて、学内でも人気が高い。

この春二年生になった芹は、当初、大学でサークルに入るつもりはなかった。

高校時代はサッカー部に籍を置き毎日ボールを追いかけていたものの、せいぜい県大会の準々決勝止まりだった。大学に入ってまでそんな汗みどろの日々を続けるつもりはなく、暇な時間にはアルバイトでもして遊ぶお金を稼いで日々を過ごすつもりでいた。

が、そんな芹の気持ちを変えたのは、今目の前にいる平城だ。入学式直後、少し潤みがちの大きな瞳で上目遣いに見上げられ、『うちのサークルに入らない？』と誘われてなんのサークルかもわからずあっさり入会してしまった。ちなみに表向きテニスサークルだが、実際サークルをするのは夏合宿のときの数時間で、大半はカラオケやビリヤードといった遊びに費やされている。蓋を開けてみれば、入会した新入生の大半は平城目当ての男子学生だったのだ。

おまけに平城を狙っているのは新入生だけではない。いわばサークルのアイドル的存在の平城とは、それこそ勧誘されたとき以来、一度も言葉を交わしたことがない。

そんな相手が、居酒屋の一次会を終えて帰ろうと準備している芹を呼び止めてきたのだ。タイミング良いと言うか悪いと言うか、トイレに行って席に戻ってきたら、みんな先に二次会に行くべく店を出ていたのである。置いて行かれた芹が茫然（ぼうぜん）としていると、サークルのアイドルこと平城がやってきた。そして冒頭の発言に繋がる。

ろくに話したこともない相手に「つき合ってほしい」と言われれば、混乱するのは当然だろう。

「え、っと、あの、つき合うって……」

（それってどういう意味？）

全身の血液が突然に循環するような感覚を覚えた。鼓動が高鳴り、頬が熱くなる。ボディバッグを背負った背中が妙にむず痒くて、掌（てのひら）には大量の汗が滲（にじ）んでいる。

平城にわからないよう、芹は何度も掌をデニムでゴシゴシ拭いた。

平均より高めの身長と、運動部で鍛（きた）えた体軀（たいく）ゆえに、イマドキの格好をしていればそれなりに目立つらしい。

だが中高一貫教育の私立の男子校で過ごした芹にとって、祖母や母親や姉以外の女性と近距離で会話するのは六年ぶりのことだ。

「吉野くん、時代劇が好きなんでしょう？」

「好きですけど……」

（なんで知ってんだ？）

声にならない疑問が、芹の頭の中を駆け巡っていく。

三世代同居で、共働きの両親に代わって芹と二歳年上の姉を育ててくれたのは祖父母だった。時代劇が好きなのは祖父の影響だ。家にいるときには、二人でビデオを観て過ごしたものだ。

だがそんな話をどうして平城が知っているのか。思い切り動揺する芹とは反対に、平城はまったく表情を変えることなく、斜め掛けにされた小さなポシェットから取り出したものを差し出してきた。

柔らかそうな茶色の巻き毛は、触れたら溶けてしまいそうだ。

「チケット……？」

「二枚あるの。明日の夜の公演だけど、空いてたら一緒に観ない？」

最初に平城に言われた「つき合って」の意味は、「交際しよう」ではなく「明日の芝居に同行してくれないか」ということらしい。

「お、いや、僕が、ですか」

いつもは「俺」と言うのに、つい繕って（つくろって）しまう。

「そう」

「僕で、いいんですか」

芹は黒目がちで大きな目を何度となく瞬かせながら、平城に確認する。

時代劇だろうとなんだろうと、平城に誘われたら、サークルの男だったら誰だって喜んで応じるだろう。それなのに、どうして自分なのか。

もちろん嬉しい。でもそれ以上に疑問が押し寄せてきた。

（なんで？　マジで？）

「吉野くんがいいの」

そんな芹に向けられた言葉に、完全に思考が停止する。

「……それ、って……」

「真由。何やってる？　二次会行かないのか？」

意図を確認しようとする芹の言葉を、平城を誘う他の先輩の声が遮った。

「行くから、ちょっと待って」

平城は振り返って自分を呼ぶ相手に答えると、茫然とする芹に笑顔で向き直った。

「それで、どう？　行ける？」

軽く小首を傾げる上目遣いで見上げられた途端、動悸が激しくなる。

平城は男からは人気は高いが、同性からは煙たがられていると聞く。計算高い、あざとすぎると、
色々な噂は芹の耳にも届く。

（計算高くて何が悪い。可愛いんだからいいじゃないか）

平城がどんなつもりで自分を誘っているかはわからない。だがどういう意図であれ、こんな機会、
二度とないかもしれない。

芹は腹を括った。

「行きます！」

「良かった。じゃあ、明日、現地集合でね！」

平城は芹の手にチケットを一枚渡すと、小走りに自分を呼ぶ相手のほうへ走って行った。

芹も二次会へ行くつもりだったが、完全にタイミングを逸してしまった。でもそんなことはどうでもよかった。

「夢、じゃないよな?」

平城に渡されたチケットを何度も確かめるように眺めた。夢でも見ていたのではないか、酔っていたのではないか。何度も確かめるが、チケットは間違いなく自分の手の中にある。

「もしかして、ドッキリだったりして?」

その可能性も否定できない。何しろ平城に改めて確認しようとしても、携帯電話の番号もメールアドレスもラインのＩＤも知らないのだ。その気になって明日会場に行っても、自分一人かもしれない。

だがそれも覚悟した上で、芹は平城の誘いに乗ったのだ。

平城が自分に気があるのかもしれない――という、万が一に等しい可能性もある。気はなかったとしても、平城が他の誰でもなく芹に声を掛けてくれた以上、忌み嫌われているわけではないだろう。何よりその他大勢の一人に過ぎないだろうと思っていた自分の存在が、平城の中で認識されていた。そのことに、芹はかなり浮かれていた。

帰宅してからも落ち着かず、平城に誘われた芝居について電車の中で調べたことを、ベッドの中で確認するように検索をかける。

平城が芹を誘ったのは「時代劇好きだから」ということだった。だからてっきり、年配の人を対象にしたコテコテの時代物の芝居だろうと思っていた。

だがどうやらイメージしているものとはかなり違うということは、公式サイトを見てすぐにわかった。

時代設定は戦国時代で、登場人物には歴史の授業や大河ドラマで散々目にした武将の名前が連なっているが、細かい設定はかなりオリジナルのものが組み込まれているようだ。ファンタジーやＳＦの要素も強い。

出演者の多くは、テレビドラマや映画でも活躍している若手な上に、ＢＧＭには派手なロックが使われ衣装もかなりパンクで化粧も奇抜だ。

ＳＮＳでもかなり話題になっていて、女性ファンが多いらしい。収容人数が多い劇場で一か月以上公演しているにもかかわらず、チケットは発売直後に完売したようだ。

芹はますます、どうして平城が自分に声を掛けてきたのかわからなくなる。同時に、もしかしたら平城が、自分に気があるのかもしれないという期待が生まれてくる。

その可能性は、当初万に一つだった。でも今は、千に一つぐらいに高まっていた。

何しろこんな舞台なら、時代劇好きじゃない人間でも、楽しめるだろう。それに繰り返すが、平城が相手なら、喜んで誘いに乗る人間が多いからだ。それなのにわざわざ誰もいなくなるタイミングを見計らって、平城は芹に声を掛けてきた。それになんらかの意味があると思ったところでバチは当たらないだろう。

もちろん下手に期待したところで、ただの勘違いかもしれない。

（それでも、もしかしたらってこともあるし）

基本、芹は素直で前向きで楽観的な性格だ。だから「もしかしたら」の可能性を考えて、公演後に行ける店を探しているうちに朝を迎えることとなった。

「渋谷のシアター文化……ってここだよな」

渋谷駅ハチ公口を出て、長い坂を上った先にある百貨店の中に、目的の劇場はある。

平城は「現地集合」だと言った。

とはいえ、観劇自体に慣れていない芹は、どのぐらいの時間に「現地」、つまり劇場へ向かえばいいものかわからなかった。平城に確認する術もない。

今日、朝方まで起きていて寝ついたのは陽が高く昇ってからだ。そのため、起きたら既に夕方近く、余裕なく慌てて用意した結果、開場時間より遙か前に劇場に着いてしまった。

ところが既にエントランス前は人で溢れている。

「当日券をお求めの方はこちらに……」

スーツ姿のスタッフらしき男性の言葉で、どうやら当日券を待つ人々が大勢押し寄せていることがわかる。その大半はやはり女性だ。

「すごいな」

居心地の悪さを覚えて、少し離れた場所に移動した芹は、店のウインドウに映り込む己の姿に気づく。

百七十五センチに若干欠ける身長と、笑うと口角の上にできる笑窪、そして垂れ気味の二重の瞳のせいで、男らしさよりは中性的な印象の外見は、子どもの頃からどちらかといえばコンプレックスの元だった。だからわざと日に焼けたり、髪を短くしたり、小学生の頃からサッカー部に入って泥だらけになっていたのだ。

　数少ない服を色々組み合わせた結果、デニムのテーパードパンツにサマーニットを合わせただけのシンプルなものになった。昨夜眠れないまま、クローゼットにある自分の服を眺め、やっとのことで決めた組み合わせだ。

　男友達と出かけるなら、穿きふるしたデニムにスポーツサンダル、Tシャツを適当に着るだけだ。だが今日は、サークルのアイドルの平城とデートだ。平城自身は異議を唱えるかもしれないが、芹の中ではそう認定されている。

　高校時代、サッカーに明け暮れた上に、大学に入ってからもろくに服装に気を遣わずに過ごしたツケが今ごろ回ってきている。

　何度も鏡を眺めて整えた髪型も、改めて外で眺めると違和感を覚えてしまう。

　とりあえず、平城に会ったら最初に誘ってもらったお礼を言う。それからチケット代を渡して、終演後の予定を確認する。可能であれば連絡先を教えてもらう。

（最初からガツガツ行ったら引かれるかもしれないよな。都合を聞いて、もしよかったらって感じで誘えば変じゃないかな）

　恋愛経験値ゼロゆえに、誘い方もわからない。だから色々シミュレーションを繰り返していると、ウインドウに、スマートフォンを眺める小柄で柔らかそうな茶色の髪をした平城の姿が、映り込んできた。

（平城さんだ）

頭で考えるよりも前に、芹は平城に向かって走り出していた。そのくせ、手を伸ばせば届く距離まで辿り着きながら、躊躇（ためら）って立ち止まってしまう。

（えっと、なんて呼べばいいんだ？）

サークルの仲間内では、「平城先輩」が一番多い。でもここは学校ではないし、こんな特別な場所で、その呼び方をしたくない。

「あの……平城、さん」

悩んだ結果は、他人行儀な呼び方だった。それでも足を止めて振り返った平城は、すぐに芹に気づいた。

「吉野くん。もう来てたんだ。早かったのね」

スマホを手にしたまま向けられる笑顔に、芹の鼓動が高鳴った。

（やっぱり可愛い）

「さっき着いたところで……」

「そうなんだ。じゃあ、中に入ろう」

平城に促され会場に入る。

「あの、今日はありがとうございました。それでチケット代……」

「いらないよ」

平城は短く答えると、視線をスマホに向ける。芹は用意してきたチケット代を入れた封筒を取り出すことすらできない。

「でもそういうわけには……」

安いものではない。

「実はね」

平城は突然芹の腕を軽く引っ張った。そして屈んだ耳元に口を寄せてきた。

「知り合いが出てて、その人からもらったチケットなの」

耳元で囁かれた瞬間、漂う甘い香りと微かな吐息に、芹の全身に緊張が走り抜ける。

（やばい、近い）

「へ、え。やっぱり読者モデルやってると、芸能人の知り合いとかいるんですね」

芹は懸命に平静を装ってみせるものの、今にも口から心臓が飛び出してきそうだった。

「そういうんじゃないんだけど」

平城はなんとなく含みのある言い方をしてから、バッグの中からチラシを取り出し、ピンク色に塗られた爪先でそこにある名前を指した。

「この人」

「藤村虎之介……？」

その名前を口にしてから、「あ」と芹は短い声を上げた。

「藤村って、この間の火曜日の深夜ドラマに出てた俳優？」

ツンツンに立てた金髪に、派手なシャツを着こなしたチンピラ姿が脳裏に蘇ってきた。

「そう。その前にはダメダメな刑事役で映画にも出てた」

「ああ……」

六列目という前方の席に着くと、またすぐにスマホに目を戻す平城の言葉で、芹の頭にぼさぼさの長髪に黒い眼鏡を掛けた、かなり異色の刑事で不気味な演技をする男の姿が浮かんできた。他にも「藤村虎之介」という名前の役者の演じていた、癖のあるキャラクターを思い出す。

「テレビとか映画の役者さんだと思ってました。舞台もやるんですか」

「違うよ」

平城は少し強い口調で否定して、芹の顔を見上げる。

「舞台もやるんじゃないの。ドラマもやるの」

「え……？」

（それって、どういう意味？）

平城の言葉の意味を考えつつ、芹ははたと確認せねばならないことを思い出した。

「あの、平城さん。終演後のことなんですが……」

「そろそろ始まる」

芹の誘いの言葉を平城が遮ったのとほぼ同時に客席の照明が落ちる。代わりに舞台の中央にピンスポットが当たって、一人の俳優が浮かび上がってくる。

『嘘だ！』

男が叫んだ瞬間、空気が震えた。

『嘘だ嘘だ嘘だ』

会場全体に広がる叫びとも悲鳴ともつかぬ声が、ビリビリと芹の肌を痺れさせる。

（なんだよ、これ）

『うおおおおお！』

困惑しているうちに舞台全体が明るくなり、舞台の左右から大声を上げながら大勢の人が登場した。同時にドンッと地を這うようなドラムの音が腹に響き、ギターが続く。そして壇上で派手な殺陣（たて）が繰り広げられ檀上はセットや照明、さらには衣装で極彩色（ごくさいしき）に彩られていく。

中でも、ほぼセンターで相手を倒していくのは、おそらく主役だろう。メイクや衣装からはっきり顔は判別できないが、やはりよくテレビドラマで目にする。それも主役クラスだ。

他にもサイトで名前を確認した俳優たちが登場して、それぞれが殺陣を始める。

（うわ、目が足りないってこういうことか）

どこを観ていればいいのかわからなくなっていたとき、視界の端に何かが引っかかる。それから改めて舞台に目をやると、今度は舞台全体を観ることができた。

（なんだ……？）

視線をそちらに向けた瞬間、振り上げられた太刀が目に入ってきた。スポットライトに照らされ輝いた切っ先が、真っ直ぐ芹に向かって振り下ろされる。

（……っ！）

咄嗟にその場に竦み上がるほどの殺意――当然、刀が切ったのは芹ではなく、壇上にいる役者だ。絶妙な効果音とともにその場に倒れた相手の前に、ぬっと浮かび上がる影に、芹の全身が粟立った。

華やかに壇上で振り回される刀に合わせ、敵も味方もわからない大勢の人間が倒れていく中、芹の目はその人に引き寄せられて行く。

舞台の端に近い位置で戦っている。最初のうちはその人に視線を一度向けながらも、話が進んでいる中央に向き直った。

しかし、気づけばその人を目で追いかけている。主役ではなく、派手に刀を振り回しているわけでもないのに気になってしまう。

低い姿勢を取りながら背筋は真っ直ぐで、構えた刀の最小限の動きで敵を払っていく。他の役者たちが、飛んだり跳ねたりとアクロバティックな動きをする中、地味に思える動きだ。キャラクターの違いだと言ってしまえばそれまでだが、そんな言葉で済まされるようなものではない。

足の運びや視線のやり方、ほんのわずかな体の使い方が、他の役者とまったく違う。

流麗な刃先の軌跡が、空に美しい絵を描いていく。他の俳優と同じく、刀を振るい敵を倒すたび効果音がつけられているが、まるで水面を音を立てないで泳ぐ白鳥のようだ。

凄まじい運動量だろうに、荒い息遣いもない。

着流し姿のため、足を大きく開いて腰を落とすと、内腿が露になる。雪駄を履いた足から脹脛、そして鍛えられた大腿までのラインを目にした途端、腹の奥で何かがズンッと響いた。

ぞわりと全身が総毛立つような感覚。

（なんだ、これ）

動悸が激しくなり汗が噴き出してくる。これまでに覚えたことのない感覚に困惑しながら、やがて舞台が明るくなった。そしてその人が幕が上がったとき、第一声を上げた人だと理解する。

ライトの加減でよく見えていなかったが、かなりの長身らしい。手足が長くとにかく姿勢がいい。長い髪を頭の高い位置で無造作に一つで結んでいる「彼」は、実在していた有名な剣豪を演じていた。

舞台に出ている割合は高いが、寡黙な役らしく、台詞が他の役者に比べてかなり少ない。それなのに強烈な存在感を残していく。そして「彼」を目で追ってしまう。

極彩色の舞台の中、「彼」だけがモノトーンのような空気を放っていた。地味なわけではない。そこだけ静かな湖面のような静けさが感じられる。一たび波紋が生まれれば、どこまでも拡がっていく激しさも秘められている。

何が起きるのか。何をするのか。それが気になる。

多分、芹だけではないのだろう。「彼」が舞台を行き来する方向へ観客の目が向けられて行く。何気ない動きや仕草に惚れ惚れさせられる。若手の役者が多い中、「彼」がいることで舞台が締まっている。

虚構の多い設定にもかかわらず、どっしりと話が地に着いて感じられるのは「彼」の存在が大きい。そのぐらい「彼」が剣豪だということに説得力がある。その上でわかりやすく話が展開していく。

伊達に祖父と時代劇を観てきたわけではない。着物の着こなしや刀の持ち方、構え方については、人に説明できるぐらいの知識がある。その上でわかる。

（あの人は、完璧に基本が体に叩き込まれている）

主役クラスの役者も華はあるし、殺陣も格好いい。だが「彼」は違う。ただ見た目がいいわけではなく、何もかもが実に自然だった。

話の筋は勧善懲悪で、実は敵側にいた「彼」は、刀での闘いの末、主役に殺されてしまう。息の詰まるような場面においても、「彼」の殺陣は圧巻だった。

おそらく普通の人には、主役のほうが上手く見えるだろう。話の上では主役のほうが剣豪である「彼」よりも強いことになっている。

でも実際は違う。

受ける側である「彼」の上手さによって、主人公がより強い存在として浮かび上がってくる。

映像と違って生の舞台は、僅かなタイミングのずれも命取りになる。殺陣はすべて殺陣師によって手順が決められている。でもそれを、観ている側に「手順」だと明らかにわかられてしまうと興醒めだ。

ある意味、デュエットダンスでも踊るように、対峙した二人の息が合わなければ成り立たない。

押して引く。引いて押す。攻めて受ける。受けて流す。

『殺陣の上手い役者は体ができてるんだ』

子どもの頃に一緒に時代劇を観ながら祖父が言っていた。幼すぎて芹にはどういう意味かわからなかったが、今、生の舞台を観ているとぼんやりとわかるような気がする。

運動神経の話ではない。

体の動きの素早さは、主人公の役者のほうがあるだろう。刀の動きの速さは目を瞠るほどだ。でも一人の動きで成り立つものではない。

本気で互いの命を狙っているように、ギリギリのところで刀を避けて切り返す。汗が飛び散り、表情が二人ともに険しく厳しいものへと変化する。

(すごい……)

芹の心は完全に「彼」に摑まれていた。

話の筋を「彼」の視点で追いかけて行くことで、立場上仕方がないとわかっていても、怒りや切なさ、辛さに胸が締めつけられていく。

拳を握り、息を吐く間もない緊張感の中、最後の瞬間が訪れる。

息絶える間際、敵役だと思われていたその人が、話の鍵を握っていたこと。主人公の頬を涙が滂沱として流れ落ちていく中、幕が下りて観客席の照明が点いた。

突然に周囲が明るくなっても、芹はすぐに現実に戻れなかった。

「どうだった……って、どうして泣いてるの?」

隣から平城に顔を覗き込まれて、咄嗟に芹は繕えなかった。

「あ、いや、これは……」

平城の指摘で、芹は慌てて頬を手の甲で拭う。自分でも無意識に泣いていたらしい。

(いい年して、恥ずかしい……)

「真由も、初めて観たとき、号泣しちゃったの」

平城は泣いている芹を揶揄することなく、持っていたポシェットから取り出したハンカチを差し出してきた。

「平城、さん……」

「虎之介くんの演技、すごいでしょう?」

「虎之介……くん……?」

「敵役だった人」

「あ……っ」

芹は咄嗟に身を乗り出す。

主役の演技もすごかったが、芹が泣かされた「彼」は「藤村虎之介」だったのか。

「頭の高いところで髪を結んでいたのが、藤村虎之介、さん、だったんですか」

「そう」

(嘘だ)

咄嗟に頭の中で否定する。

芹の知っている藤村は金髪で賑やかでうるさい、演技自体派手で仰々しい役者で「彼」とは正反対だ。

「びっくりするよね。テレビと印象が全然違うから」

「は、い」

違い過ぎて納得できていない。

いまだ芹の頭の中にいる藤村虎之介は、金髪で耳にいくつものピアスをつけ、目を見開き猥雑(わいざつ)な言葉を当たり前に口にする男なのだ。もちろんそのイメージは、「役」だとわかっていても、今舞台で観た姿とはあまりにかけ離れていた。

「一人、殺陣も本格的だしねぇ」

しかし続けられる言葉に、芹は間髪容(かんはつい)れずに同意する。

「はい。腰の入り方とか半端なくて……っ」

「そうなんだよね。吉野くん、時代劇観てるから、そういうところに目がいくのかな」

「や、別に」

なんだか擽(くすぐ)ったい。

「初めて舞台観る人は、大体主役の人の派手な殺陣に惹きつけられるらしいけど、違うんだよね。虎之介くんが上手いから、最後の二人で決着をつけるシーンも映(は)えるのに」

「俺も……俺もそう思いました！」

席を立ち、流れにそってロビーへ向かう間、芹は信じられない気持ちで平城に訴える。

「確かに主役の人の刀の扱い方も綺麗(きれい)だけど、基本と違うっていうか」

興奮した気持ちそのままに感想を口にする。

例えて言うなら、チャンバラと武道ぐらいの違いがある。さらに言うなら、主役の人の刀の扱い方では、真剣を使っても敵は死なない。だが藤村の刀であれば、相手は即死する。刀の扱い方だけでなく、気迫も違っていた。視線だけで殺意が感じられた。

「客電が落ちて最初の声を聞いて、鳥肌立ちました。あれも藤村さんですよね。なんか他の役者さんと発声が違ってるように感じられて」

「お腹の底から出てくる感じの声だよね」

「はい！　観てる側の腹にも響く感じで……」

「わかる。台詞っていう感じじゃなく、心の叫びみたいに聞こえるんだよね」

「そう、そうなんです！」

観劇した感動を平城に伝えたいのに上手く言葉で表現できない。でもそんなもどかしい想いを、平城が言葉にしてくれる。だから、もっともっと話したいと思った。初めて観たこの舞台の感想を、何より藤村のことを語りたい。もっと、藤村虎之介という役者のことを知りたいし教えてもらいたい。

「平城さん、このあと、時間があれば軽く食事でも……」

だから客席から出てロビーに出たタイミングで、観劇前に言いそびれた誘いを口にする。

「ありがとう。でもごめんね。このあと用があるの」

「え」

平城はポシェットから取り出したスマホを確認しながら言う。

「平城さん」

「また大学で」

軽く手を振りながら芹を置いて人ごみに紛れてどこかへ行ってしまった。

そして芹は、たった今観た舞台の話に盛り上がっている広いロビーに一人取り残されてしまう。

（マジか……）

最初から、自分を観劇に誘ったことに、大した意味はないとわかっていた——つもりだ。

だからといって、まったく期待していなかったわけではない。万にひとつの可能性は信じていたのだ。

時代劇だからということだけで、誘われたわけではないかもしれない、と。

そこには、自分に対する好意に等しい感情が込められているに違いないと信じたかった。

でも実際はこうだ。

平城の中で芹という存在は、個人として認識されてはいても、当たり障りのない存在だったのだ。

ある意味、人畜無害だと思われていたのだろう。

芹の中だってそうだ。平城に憧れていたのは否定しない。可愛いし、人気もある。だからといって、それ以上彼女に魅力を覚えていたかと言われるとわからない。サークルのアイドルから誘われたから嬉しかった。誘われた段階で、彼女の人間性などまったく知らなかった。

そんな自分に対して、平城が特別な感情を抱くわけもない。

わかっていた。

それでも——平城と藤村の話をしているとき、心が弾んだ。言葉にしていない気持ちを理解してくれる平城の言葉に、強烈に興味を引かれた。藤村がきっかけで、平城という人が見えてくるような気がしたのだ。

芹はパンツのポケットから、平城に渡そうと思っていたチケット代を入れた小さな袋を取り出した。綺麗とは言えない字で記した「ありがとうございました」の文字が、妙に滑稽に思えてきた。中からお金を取り出すと、空になった封筒を二つに破いて、ロビーにあったゴミ箱に捨てる。取り出したお金で、公演のプログラムを一部購入すると、それを手に劇場を出た。

「歌舞伎役者……なんだ」

開いたプログラムに書かれた藤村虎之介のプロフィールを眺めていた芹は、驚きを言葉にしてしまう。

芹は劇場を出ると、事前に調べていたカフェのひとつに入った。さすがにこのまま真っ直ぐ帰る気にはなれなかった。

ところが入った店の中は、観劇を終えた女性客で賑わっていた。

咄嗟に他の店に変えようかと思うものの、店のスタッフに声を掛けられてしまい、案内された席に着く。

（さっさと食事だけして帰るか……）

楽しそうな人々を横目に目についたパスタとコーラを頼むと、芹は手持ち無沙汰から買ってきたプログラムを開いた。

そして目当ての藤村虎之介のページを開いた途端、思わず息を呑んでしまう。

Ａ４サイズの見開きページいっぱいに、躍動感溢れる藤村の姿が写し出されていたのだ。風や熱を感じるほどの熱い写真に、舞台を観ていたときと同じで全身に鳥肌が立った。

（やっぱりすごい……）

一点を見据える鋭い視線に、足はしっかり地面を摑んでいる。

伸びた背筋、低く下げられた腰。

ちょっとやそっとのことではびくともしないだろう構えは、見事としか言いようがない。

何度も思うが、テレビドラマで観てきた藤村からは、こんな姿は想像できない。

だからというわけではないが、プロフィールに書かれていた「歌舞伎役者」という文字に、驚かずにいられなかった。

初めて知ったわけではない。肩書を目にしたとき、そういえばという気持ちが生まれた。

藤村虎之介という名前がこの世に広く知れ渡った映画に出演した際、本業が歌舞伎役者だということも明かされたのだろう。だがいかんせん、伝統芸能である歌舞伎は、テレビドラマや映画ほどに一般に知れ渡っているわけではない。

幼い頃から祖父と時代劇を観ていたものの、芹も歌舞伎は映像を含めて一度も観たことがない。最近は藤村同様、歌舞伎役者がテレビドラマや映画に出演することも増えた。しかし芹の中で藤村は、歌舞伎役者だという肩書は消え去っていたらしい。

『舞台もやるんじゃないの。ドラマもやるの』

不意に平城の言葉が蘇ってくる。

(そっか。だから平城さん、ああいう言い方したのか)

藤村が歌舞伎役者なら、彼にとっての本業は舞台であり、テレビドラマが副業という考え方になるのかもしれない。にしては、歌舞伎以外の活動が華やかだ。プログラム内にある記事を読み進めて行くと、最近ではパリコレにも日本人デザイナーに乞われてモデルとして参加した話が語られていた。

そこにある写真は、芹が知っている藤村とまた違って見えた。

黒髪の短髪で、スポーティーな衣装に身を包み、高齢の演出家と笑顔で写真に収まっている。満面の笑みからは、先ほどの舞台の姿は想像できないし、歌舞伎役者に対する概念を打ち砕かれる。

運ばれて来た料理をつまみ代わりに、コーラを飲んでいく。

芹の知っている歌舞伎役者は着物姿で堅苦しい話をしている印象がある。若手の役者も品良くそつのない印象で、藤村のような癖のある役も演じていない。

(歌舞伎役者なのか……)

なんとなく違和感を覚えながら、芹はトイレに行くべく席を立つ。場所をスタッフに確認すると、店の中にトイレはなく、ビル共同のトイレへ向かうよう指示された。

スマホを手に店を出て細い通路を右に曲がった瞬間。

「……だから、なんで?」

甲高い女性の声が聞こえてきた。

「なんでも何も。もう話は終わったはずだろう?」

「終わってない。あたしは納得してない！」

（やべ、なんか喧嘩してる）

咄嗟に芹は身を潜めた。

話の内容からすると別れ話のようだ。

芹は咄嗟にその場で身を隠し、顔だけ覗かせる。と、こちらに背を向けた小柄な女性と、黒縁の眼鏡を掛け、キャップを目深に被った背の高い男が立っていた。

（……あれ？　なんか、知ってる気が……）

なんとなく見覚えのある顔に、芹は衝動的に手にしたスマホのカメラを起動した。

そしてカメラを相手に向けた瞬間、それが誰かを認識して。

こちらに背を向けているのは平城。そして男のほうは。

（藤村虎之介だ！）

当然ながら、舞台で目にした姿とはまるで違う。だが長身と伸びた背筋。さらには全身から醸し出される雰囲気は、これまでテレビドラマで目にしてきた藤村だったのだ。

認識した瞬間、ドキンと大きく胸が鳴った。

（なんでこんなところにいるんだよ。ついさっきまで舞台に立っていた人が……）

脳裏にはいまだ鮮明に舞台での姿が残っている。

そんな相手が、平城とこんな場所で何を話しているのか。

「虎之介くん、最近全然優しくないし……今日だって真由が楽屋に顔を出さなければ、そのまま帰るつもりだったんでしょう?」

すぐに平城自身の言葉である程度の事情がわかってしまう。今日のチケットをもらった知り合いは藤村で、平城はその藤村とつき合っている。いや、つき合っていた。

だが平城は納得していないのか。

(俺、やばい場所に居合わせてる?)

芹は二人がつき合っていたことはもちろん知らなかったし、こんな場所で痴話喧嘩をしているとも思っていなかった。ただ生理現象が起きたため、トイレに行こうとして居合わせてしまっただけだ。

かといって、この場で何も知らないフリをしてトイレに行けるほど、芹は厚顔ではない。せめて藤村のことを知らなければ違ったかもしれないが、さすがに今この状態で知らない顔をできる自信はない。

どうしたらいいのかと躊躇しながら、むくむく込み上げる好奇心に、再び顔を二人に向けてしまう。すると、先ほどまでかけていた眼鏡を外し、キャップも脱いだことで、藤村の顔が露になっていた。

黒の短髪に面長の輪郭。顰められた形のいい眉と真っ直ぐな鼻梁に、肉厚な唇から形の良い顎にかけての絶妙なラインに目が引き寄せられてしまう。

(この人、かなりイケメンだ)

突拍子もない役柄や派手な外見のせいで、これまで顔の造作などまともに見てこなかった。

いわゆる「二枚目」ではない。素の顔にも独特の癖がある。若干吊り目のせいで、目線が鋭く、睨まれているような気持ちになる。上背があり、肩幅も広く、デニムを穿いた足がとにかく長い。パリコレに出たのも納得できるプロポーションの良さに息を呑んだはずみに、足元にあった空き箱を蹴飛ばしてしまう。

ガシャッという派手な音が響き渡る。

（……ヤバッ）

慌ててその場に身を隠そうとするものの、刹那、音に気づいて顔を上げた藤村と視線が合ってしまう。

一瞬だ。まさに一発必中のスナイパーの如く、藤村は絡み合った芹の視線を離さなかった。

挑戦的で試すような視線に、体温が一気に上昇する。

（何やってんだよ……逃げろよ、俺！）

逃げるなら今のうちだ。

わかっている。それなのに芹の足はその場に接着剤でつけられたかのように、動かせなかった。

幸いなことに目の前の藤村に夢中な平城は、芹には気づいていない。一方芹に気づいた藤村も、平城に明かそうとはしていない。

蛇に睨まれた蛙の如く、その場に固まった芹をそのままに、藤村は平城に視線を戻す。

「俺にどうしろと？」

その言葉に、芹はびくっと体を震わせる。

まるで自分に向けて言われたような気分になった。

「虎之介くん、なんでそんな言い方するの？　……真由は別れたくないって言ってるのに」

話がどんどん核心部分に迫る。

平城の話からすると、既に二人は別れている。おそらく、平城が振られたのだろう。でも納得していない。

「だから言ってるだろう？　今さらじゃないか。俺は元々こういう言い方しかできない。それが我慢できないと言うのなら、別れるしかな……っ」

藤村は丁寧ながらも己の意志を主張する言葉を、紡ぐことはできなかった。

バチッという鈍い音とともに、藤村は顔を横へ向けていた。平城は右の掌をもう一方の手で擦りながら、大きく肩を上下させている。聞こえてくる嗚咽で、平城が本格的に泣き始めたのがわかる。

「ひどい……ひどいよ、虎之介くん……真由はこんなに虎之介くんのことが好きなのに」

涙声の悲痛な平城の訴えに、芹は無意識に拳を握りしめていた。それこそ後ろから抱き締めてやりたいぐらい、華奢な背中がさらに儚く思えた。

そんな背中に、大きな手が触れる。

あっと思った次の刹那、平城の体がぐっと手のほうへ引き寄せられる。

藤村は自分の腕に平城を抱えると、細い顎に指を添えた。

「ごめん。泣かせて」

囁かれる声はそれまでとは違って蕩けそうに甘い。

「虎之介く、ん……っ」

そして腰を屈め上向きになった平城の顔に、瞼を閉じた藤村の顔が近づいていく。

まるでスローモーションのようにゆっくりとした動きが、芹の目に焼きつく。

平城の肩にある手が自分の肩にあるかのように錯覚し、甘い声が自分に向けられているような気持ちになる。

　他人のラブシーンを盗み見しているとわかっていても、芹は二人から目が離せなかった。藤村の手の動きや声に惹きつけられてしまう。

「……んっ」

　重なり合っただろう唇から溢れる吐息を耳にした瞬間、芹の鼓動が高鳴った。まるでその音が聞こえたのかのように、藤村の視線が芹に向けられる。鋭い目で睨まれた刹那、芹は全身を震わせる。その反動で芹は起動したままのスマホのカメラで二人の写真を写していた。

　カシャッ——というシャッターの音に、藤村は眉間に深い皺を刻む。

　怪訝（けげん）な視線が揶揄から嘲笑（ちょうしょう）へと変化していく。獲物を捕らえた獣のようなその目に、芹は心臓を抉（えぐ）られるような感覚を覚えた。

2

大学前の喫茶店の奥の席に座った芹は、店の扉が開くたび、顔をそちらに向けた。

そして待ち人ではないとわかると、落ち着かない気持ちで手元のアイスコーヒーをストローで啜る。

掌にかいた汗をデニムで拭うものの、またすぐに汗をかいてしまう。

「……あと五分……」

スマホで時間を確認すると、今は午後三時二十五分。待ち合わせの時間である三時半まではあと五分ある。

テーブルに置いたスマホを指でなぞりながら、芹は大きなため息を吐いた。

芹の通う大学は、東京都内に四つのキャンパスを有している。芹はそのうち、昔ながらの学生街に位置する高層ビルを中心としたキャンパスに通っている。

とはいえ、文系学部の上に出席を取る講義も少ないため、学校には週に四日通えばいいほうだった。おまけに大学に来ていても、サークルの友達とキャンパス内の食堂のテーブルで、他愛もない話をしている時間が多い。

しかしここ数日、大学に来ても食堂に顔を出さずにいた。昼食は購買部で買った弁当で済ませ、空き時間は図書館で過ごしていた。

今日もそのつもりで帰ろうと講義室を出たところで、スマホが鳴った。画面には番号のみが表示されている。誰だろうかと電話に出た次の瞬間、聞こえてきた声に、心臓が止まるほどの驚きを覚えた。

平城だったのだ。

どうして自分の携帯電話の番号を知っているのか。驚いて平城に確認したら、サークルの三年の男の先輩に聞いたとのことだった。

予想外の展開にはっきり何を言われたのか覚えていないが、とにかく話があるから大学前の喫茶店で待ち合わせをしようとのことだった。

(話って言ったら、この間のことしかないよな)

サークルの集まりに顔を出さずにいたのは、平城に会わないためだった。

正直、舞台を観に行ったあの日のことを、色々確認したい気持ちはある。平城自身、芹に言い訳したいこともあるだろう。それはわかっていても、実際に会って話をしたら、平城の聞かれたくないことまで聞いてしまうと思う。だから顔を合わせないようにと逃げ回っていたのに、まさか平城から電話があるとは思ってもいなかった。

電話がかかってきた段階で、逃げることも可能だったかもしれない。それでも逃げなかったのは、下心があるからだ。

ガチャッと、また店の扉の開く音がする。今回こそはと顔を上げると、待ち人が現れた。

「ごめんね、突然に」

劇場で会ったときとは違い、平城は芹の顔を真っ直ぐに見つめながら頭を下げてから向かいの席に腰を下ろした。

「なんか用事なかった？」

「いや、特には」

にこにこ微笑みかけられることに、妙な居心地の悪さを覚える。

大学に来るだけのため、デニムにシャツを羽織っただけの芹と違って、平城は今日も髪をセットし、雑誌にそのまま載りそうな服装に身を包んでいた。

以前なら、心臓が口から飛び出るほどに緊張しただろう。小首を傾げる仕草や、柔らかそうな髪に触れたいと思っただろう。

だが今は違う。

こうして顔を合わせていると、この間の光景が蘇ってきてしまう。

正確に言うと、平城の顔ではない。平城と一緒にいた藤村虎之介の顔だ。

胸の内で名前を唱えただけで、ドキンと心臓が高鳴ってしまう。変な声が出そうになるのをぎりぎりで堪えたことに、メニューを選んでいる平城は気づかない。

何気なく平城の肩を眺めていても、その肩に置かれた大きな手を思い出してしまう。次いで網膜に蘇るのは、平城にキスしながら芹を見つめてきた視線だ。

鋭くてあざとさを孕む視線に、心を見透かされたような気持ちになった。鋭利な爪と牙を持つ肉食獣に、捕らえられた獲物のような気持ちというべきか。

羨ましいほどの長身でがっしりとした男らしい体軀の持ち主の前に立つと、ただでさえ華奢な平城はさらに小さく見えた。抱き締めればすっぽり腕の中に抱えられてしまう。

身長こそ百七十五センチに若干欠ける程度にまで伸びたものの、筋肉のつきにくい体質らしく、サッカーの練習でどれだけ走り込みトレーニングをしても、芹はお世辞にも「逞しい」体にはならなかった。

そんな封じたつもりのコンプレックスが、藤村を見ていると刺激されてしまう。

「……だよね」

平城に同意を求められて、芹ははっとする。

「え、と」

「この間、カフェで、虎之介くんと一緒のところ、見たんでしょう？」

「あの店に行ったのは偶然で、たまたまトイレに行こうと思ったから……」

慌てて弁解しながら、あのとき自分は平城に見られていなかったことを思い出す。

「じゃあ、虎之介くんとつき合ってるのも、ばれちゃったよね」

つき合って「る」——過去形ではない。

驚きから黙り込む芹に、平城は「突然ごめんね」と肩を竦めた。

「誰かに話した？」

上目遣いでこちらの様子を窺うように見つめられる。芹は「いえ」と短い言葉で否定する。

「そっか。そうだよね。虎之介くんも、吉野くんは言うようなタイプじゃないって言ってたんだ」

平城はあからさまにほっと安堵した表情を見せるが、口にされた名前に引っ掛かりを覚える。

「虎之介く、ん……？」

虎之介イコール藤村ということはわかっている。でもどうしてそこで藤村が、芹の人となりを判断するのか。

「なんか、虎之介くんが、吉野くんに二人で話してるところを見られたって言ってたの。それで」

「どうしてですか」

「え?」

「どうして俺が見てたってわかったんですか?」

藤村とは目が合った。だが藤村は芹を知らないはずだ。それなのに、どうして自分の素性が知れたのか。

「舞台から吉野くんのことが見えたんだって」

「舞台から?」

思わず芹は身を乗り出した。

「あたしにくれたチケットの座席はわかってたから、吉野くんの顔を見て、あたしの隣に座ってた子だとわかったみたい」

「……そう、なんだ」

(マジで?)

とりあえず平城にはわかった風を装いつつも、内心ではまったく信じていなかった。

客席は暗くてろくに顔なんて見えないだろう。それなのに、芝居をしながら自分の知人の隣に座っていた人間の顔など認識できるものなのか。

自分ができるかと言われたら、自信がなかった。もちろん舞台に立ったこともないし客席を見たこともない。だがそれ以前に、初対面の人の顔を覚えるのがあまり得意ではない。

でも、藤村は認識したのだ。

だからこそあの場のやり取りを盗み見していたのが、平城の連れてきていた人間であること、それが芹だと突き止めたのだ。

全身が身震いした。

芹が藤村を認識していても、相手が自分を認識しているなどと思ってもいなかった。よく知らない人間に素性を知られるという事実に、なんとも言えない居心地の悪さを覚える。

「それで、話ってなんですか」

「あたしと虎之介くんって、つき合ってたけど別れ話されたばかりでね……あの日の公演のチケットはその前にもらってたから、観劇したあとで楽屋行って、話をしようと思ってたの。でもどうなったかは、吉野くんも知ってるとおり」

平城は早口にまくし立ててくる。

「待ってください。なんで俺にそんな話……」

「もう駄目かと思ってたの。そうしたら、吉野くんに会いたいって、虎之介くんから電話があったの」

「――は？」

話が見えない。

「なんで俺に」

「吉野くんに聞けばわかるって言ってたけど？」

「俺に聞けばって……あ」

脳裏に浮かんだのは、あのとき撮った写真だ。芹は咄嗟にテーブルに置きっぱなしにしていたスマホに手を置いた。

あのとき衝動的に写真を撮ってしまった。

それを藤村は知っている。

ドキンと心臓が大きく鳴った。

「理由わかる？」

「あ、いや……ちょっとわからないです。でも、俺になんの用があるのか気になります」

平静を装って平城に返す。

「そう？　虎之介くんから、連絡先教えていいって言われてるんだけど、向こうから連絡してもらうようにする？」

また大きく心臓が鳴った。ドキン。掌にもぐっしょり汗をかいている。

「忙しいでしょうし、藤村さんから連絡もらえれば……」

「じゃあ、今連絡してみるからちょっと待ってくれる？」

平城はその場でスマホを操作した。

「あのね、図々しいお願いなんだけど」

スマホを見つめたまま、平城は話し始める。

「虎之介くんに会ったら、あたしが連絡待ってるって言ってたって伝えてくれるかな。別れたくないって」

「俺がですか」

「うん。吉野くんのことで連絡あったときにも言ったんだけど、他の人からも言ってもらったほうが効果あると思うんだよね」

（まったく関係ない俺が二人の話に首を突っ込むのって、ルール違反じゃないの？）

内心思いつつも口にはしない。

「タイミングがあれば……」

「虎之介くんって、強面（こわもて）に見えるけど、本当はすごい優しい人なんだよ」

メッセージを送り終えたのだろう。平城は顔を上げて苦笑する。

「相手からモーションを掛けられたり、告白されたりすると、そういう気持ちが嬉しいからって、つき合っちゃうんだって。あたしの場合もそうだったんだ」

それは果たして「優しい」のだろうか。

喉まで出かかった言葉を芹がぎりぎりで飲み込んだタイミングで、平城のスマホに藤村からの返信が届く。

「この後だったら、少し時間が取れるみたい。吉野くん、いい？」

「どこですか？」

「渋谷だって。駅前のホテルわかる？　井の頭（いのがしら）線の駅のところの」

「わかります」

中に入ったことはないが、場所は知っている。

「そのホテルの五階にあるラウンジで待ってるって。これ、虎之介くんの電話番号。吉野くんの番号も伝えていい？」

「どうぞ」


神保町（じんぼうちょう）駅から地下鉄半蔵門線（はんぞうもんせん）に乗り込んだ芹は、扉に背を預けてスマホにたった今登録した携帯電話の番号を眺めた。

（なんだかよくわからない展開になってる）

藤村虎之介が何者なのか。

あの日、帰宅してすぐ、芹は藤村のことをインターネットで調べまくった。持っていたファッション誌にも、藤村はモデルとして載っていた。

モード系のファッションに身を包みポーズを取る姿は、改めて見ても舞台の姿とは違っていた。

歌舞伎役者――という肩書は、どのプロフィールを見ても必ず触れられている。だが綺麗さっぱり芹の記憶からは削除されていた。そのぐらい、藤村は歌舞伎役者という肩書が似合わなかったのだ。

もちろん、歌舞伎役者がどういうものか、語れる知識などない。だが藤村は一般的な印象とは驚くほどにかけ離れているし、テレビドラマや映画、それからファッション誌で見かける頻度が高い。

それでも舞台に立つ藤村の姿を観て、平城の、テレビドラマに「も」出るという言葉の意味はわかった。藤村にとって「舞台」こそが本業なのだというのも、初めて観劇しただけでも伝わってきた。殺陣の素晴らしさも、着物の着こなしも、歌舞伎役者だからなのだろうと納得した。とはいえ、歌舞伎など見たこともないのだが。

でも、それだけなのだ。

それ以上、語るには、あまりに芹は歌舞伎役者と歌舞伎について無知だった。

（怒られるのかなあ……）

意図せず撮ってしまった写真だ。おまけに相手は芸能人だ。消したほうがいいのはわかっていても、どうしても消せずにいた。

他の人の目につかないように画面を操作して、保存されている写真を開いた瞬間、藤村の視線にはっと息を呑んでしまう。

（自分の撮った写真で、何を驚いてんだか）

それでも一度視線を逸らして、深呼吸してから改めて画面に表示された写真を確認する。

平城の髪に差し入れられた指の角度や、屈められた首の角度、さらにはカメラを持った芹に向けられた視線——何もかもが独特の艶となって芹に訴えてくる。思わず写真を撮った理由は、あのときの藤村の表情に魅せられたからに他ならない。

（って、なんで……っ）

色々言い訳したものの、他の理由は見つけられない。

藤村ほど露出のある人間のキス写真なら、週刊誌に売れば喜んで食いつくかもしれない。でも芹には週刊誌に売る理由がない。

だが写真を撮られた藤村がどう考えているかはわからない。

おまけに、平城からの伝言のこともある。色恋沙汰に関係ない自分が首を突っ込んでもろくなことにはならない。わかっていても、否と拒まなかった。

平城とのキスシーンを盗み見したこと、写真を無断で撮ったことを謝ったほうがいいし。この写真を藤村の前で消去すれば、許してくれるだろうか。

でもこれはある意味、表向きの理由だ。本当のところは、もう一度藤村に会いたかったのだ。

地下鉄は、目的地である渋谷に辿り着いた。自分を見つめる鋭い藤村の視線から目を逸らすべく、芹はスマホをデニムのポケットに突っ込んだ。

藤村に指定されたホテルは、京王井の頭線の駅から直結するビル内に位置する。

場所はわかっていたものの、ホテルの中に足を踏み入れたことはなかった。

クラシックが微かに流れる落ち着いたラウンジの雰囲気に、デニムにシャツ、さらにはリュック姿の芹は怯んでしまう。

このまま引き返したい気持ちを堪えてフロアをぐるりと見回す。

「……さすがにまだ来てないか」

ろくに確認せず踵（きびす）を返すと、ポケットに突っ込んでいたスマホが鳴動する。慌てて取り出して、表示されている名前にはっと顔を上げる。

『藤村』

さっき平城に教えてもらって登録したばかりの番号だ。咄嗟に周囲を見回した芹は、窓際に顔を向けてスマホを耳にした男に気づいた。

遠目にもわかるほどプロポーションがいい。とにかく足が長い。

見惚れたのもあってしばらく電話を取らずにいると、やがてその人がこちらに顔を向けてくる。そしてこの間と同じ黒縁の眼鏡の奥から、何もかも見透かすような鋭い視線を感じた。芹がそこに来ていると知っていたのだろう。そして芹が踵を返したタイミングで電話を掛けてきたのだ。

芹はそちらを向いたまま、電話に出る。

「はい」

『吉野、芹くん？』

刹那、ぶるっと芹の全身に電流のようなものが走り抜けていく。

たっぷりの吐息交じりにもかかわらず、甘く明瞭な低い声が、芹の鼓膜を揺らしてきた。

「はい……」

『ここまで来て帰るのはなしだ。俺がどこに座ってるか、わかってるんだろう？』

スマホに向かって話しながら、藤村の視線はずっとラウンジの入り口前に立つ芹に向けられている。

そして藤村は、自分の前の席を指さした。

「話ってなんですか？」

『それは、君がここに来てからにする』

（やっぱり駄目か）

このまま帰るわけにはいかないらしい。

芹は先に電話を切ると、覚悟を決めてスマホをデニムのポケットに入れた。

ラウンジに一歩足を踏み入れると、心臓がドキンと鳴ったような気がした。

毛足の長い絨毯の敷き詰められた床を踏みしめながら、窓際の席に座る藤村のテーブルまで向かう。

「やあ」

藤村はスマホをテーブルに下ろし、上目遣いの視線を芹に向けてきた。

明らかな芸能人オーラのようなものは発していないが、窓から射し込む陽射しがその人を照らしている。

「藤村虎之介です」

「吉野芹、です」

改まって自己紹介されるのに合わせ、芹も名乗った。

（痛い……）

誰かに見られて、痛いなどと思ったことはない。だが藤村の視線の鋭さは痛いぐらいだった。舞台上から向けられていた視線とは違う。これは明確な「威嚇」だ。

「話ってなんですか」

不躾だとわかっていて、芹は自分から切り出した。

「せっかちだね。とにかく座りなさい」

藤村は組んでいた長い足を崩しソファに座り直し、前の椅子に座るよう芹に促してくる。実に優雅でスムーズな仕草に、狼狽えつつも芹は従った。

電話の回線越しではなく直接聞く藤村の声は、予想していたよりもソフトだ。

ソフトなのは声音だけではない。全体から醸し出される雰囲気も、視線を除けばかなりソフトだ。口調も基本的に丁寧で穏やかだ。

藤村と改めてこうして対峙すると、その顔立ちの端整さに驚かされる。

鼻筋や口元にかけてのラインの綺麗さは、同じ男である芹でも見惚れるほどだ。

金髪の印象が強いが、黒い短髪も藤村には似合うし、思っていたより髪も柔らかそうに思える。もしかしたら軽くパーマが当てられているのかもしれない。

さらに座っていてもわかるほど長い手足は、均整の取れた筋肉で覆われている。その鍛えられた体だからこそ、軸のずれない殺陣を成し得たのだろう。

祖父の言う「体ができている」という言葉の意味が、あくまで素人考えだが、藤村を見ているとわかるような気がする。

芹が両膝に手を置いて座ったのを見て藤村はふっと笑う。

「何がおかしいんですか」

「そんなに緊張する必要はないでしょう。別に面接するわけではないのだし」

さりげなく口元に手をやる仕草や視線のやり方が、いちいち艶っぽい。女性っぽいわけではなく、あくまで男の艶だ。ラウンジのスタッフに対する大人びて落ち着いた態度からは、余裕が感じられる。

　この場に慣れない芹は落ち着かず、背筋を伸ばしたままじっとしていた。

「何を頼むかな。お腹は空いている？」

「あ、いえ。飲み物だけで」

「コーヒーでいいかな？」

「はい」

「ホット、アイス？」

「アイスで」

「アイスコーヒーをひとつと、ブレンド追加で。あと、クラブサンドイッチをお願いします」

　注文を終えた藤村は芹に向き直った。

　生なりのパンツにハイカットのスニーカーを合わせ、ストライプのシャツをさりげなく着こなした藤村は、テーブルの上で、大ぶりのシルバーの指輪をいくつも嵌めた長い指を絡ませる。

「さて、と。わざわざ君に来てもらった理由なんだが」

　前置きなしに突然話を始められて、芹の全身に緊張が走った。

「君、この間、俺の写真撮っただろう？」

　突然に砕けた口調でストレートに確認してくる。

　やはりその話だった。芹はきゅっと膝を摑んでから、視線を床に落とす。

「……はい」

「多いんだよね。芸能人だから勝手に写真撮っても平気だと思ってる考えなしが」

素直に謝るつもりでいた。でも藤村は芹の話す間を与えない上に、露骨に敵意を示してきた。

「興味本位で撮ったんだろうけどさ。普通の写真なら真由の大学の後輩だと言うから大目に見るけど、君の撮った写真は色々事情があって困るんだ」

テーブルに置いた指を立ててそこをトントンと軽く叩く。髪をかき上げることで露になった右側の耳朶には、小さなリング状のピアスが三つつけられていた。

「そのぐらいのこと、遊んでる大学生にだってわかるだろう？」

穏やかな口調ながら、藤村の言葉には怒りなのか憤りなのか、明確な棘もが含まれている。

「……平城先輩に伝言を頼まれました」

どんな視線を向けられても堪えられるよう、芹はぐっと腹に力を入れて顔を上げた。

「伝言？」

「連絡待ってると伝えてくれと」

自分が悪いことをしているのはわかっている。肖像権や個人のプライバシーや、小難しいことを提示されたら、諸手を挙げて降参する以外にない。だが明からさまに見下された言い方をされて、芹はさすがにむかついていた。

（そっちが威嚇してくるなら、俺にだってやり方がある）

平城との詳しい話など知らない。それでも彼女との関係は、藤村にとってここで言われたくない話に違いない。

「その話を持ち出すとは、可愛い顔をして君も結構なタマだな」

その証拠に、藤村の眉間に皺が寄る。

「可愛い顔は余計です」

藤村は丁寧に人のコンプレックスを刺激してくる。

「金が欲しいのか」

テーブルにあった手をすっと引いて、組んだ己の長い足に置いた。

「――知り合いのプライバシーを侵してお金を稼ごうなんて、考えたこともありません」

続けられる言葉で、芹の中で何かがブチ切れた。

頼んだアイスコーヒーが運ばれてくる前で良かった。万が一手元にあったら、目の前の相手の頭からぶちまけていたところだ。

握っていた膝をさらにぎゅっと握り締め、ぎりぎりのところで怒りを堪える。

「平城先輩は別れたくないらしいですが、俺は別れたほうがいいと助言します」

そう言うと、ぐっと奥歯を噛み締めて藤村を睨みつける。

「よく言うな。ろくに俺のこと、知らないくせに」

藤村は怒っている。明らかに上から揶揄するように返してきた。

「知りませんよ、当然じゃないですか。でも俺のことだって知りもしないくせに、随分な言い方したのは誰ですか」

だから芹は言い返す。

「写真を撮ったのは、わざとじゃないけど悪かったと思ってます。だから謝るつもりでここまで来たんです。それなのに、どうして俺のこと知らない人にあからさまに見下したように言われなくちゃいけないんですか。撮った写真をどこかに売るなんて考えたことないし、それで金儲けができるなんて想像したこともなかったです。大体、写ってるのは大学のサークルの先輩です」

口を開いたら、次から次に言葉が溢れてきた。目の前の藤村の顔を見ていると、苛々した気持ちが増長してくる。

「身近な人が写ってるのに売れるわけないし。初対面の人にそんな風に思われるの、ものすごい不愉快です」

芹は当初の予定どおり、スマホを操作して撮った写真を表示させて藤村に向けた。そして相手にわかるように写真を削除すると立ち上がった。

「用件はこれだけだと思うので、失礼します」

ぺこりと頭を下げると、藤村の返答を聞くことなしに背を向けた。

「おい。コーヒー飲まないのか?」

藤村は芹の背中に向かって聞いてくるものの、特に引き留めてはこなかった。芹は振り返ることなく、真っ直ぐエレベーターへ向かって歩いていく。

毛足の長い絨毯を一歩ずつ踏み締めながら、胸の奥に重たいものが折り重なっていく。

エレベーターに乗り込んでからも、藤村が自分を見ているような気がして、芹は体の向きを変えられなかった。

（俺はばかだ。すっげえばかだ）

やめておいたほうがいいとわかっていた。相手の態度はある程度予想できた。それなのに、色々な理由をつけてのこのここまできた自分がばかなのだ。

ばかだと思いながら、藤村にもう一度会えて嬉しいと感じている自分がどこかにいる。間近で見た相手を、格好いいと思った自分がいる。

それが悔しくて愚かに思えて情けなかった。

3

内山亭——芹が内山と初めて会ったのは高校のときだ。

中高一貫教育の学校に通っていたが、高等部進学の際に編入してくる学生がいた。内山はそんな中途編入者の一人だ。

持ち上がりの生徒が大半の中、内山はさらに印象づけられる理由がある。

歌舞伎役者だったのだ。

それも歴史ある名跡の生まれで、舞台にも定期的に立っていた。確か、橋元仙齊という名前だ。

芹の通っていた学校はそれなりに進学校だった。出席も厳しいのに、どうしてわざわざ高等部から試験を受けてまで編入してきたのか。高等部に上がってしばらくは噂にもなっていたが、ゴールデンウィークが明ける頃には、誰も口にしなくなっていた。

内山は誰に何を聞かれても自分のことについて語ろうとしなかったからだ。

芹も三年のときに同じクラスだったが、言葉を交わしたのは二、三回だ。だから同じ大学、それも同じ学部に進学が決まったと知っても、なんの感慨も湧かなかった。

実際、入学して丸一年が過ぎても、高校のとき同様、話をしたことがなかったからだ。

でも今になって、歌舞伎役者である内山が同じ高校出身で同じ大学にいることに、芹は感謝している。

内山は大学に入ってからも、専ら一人で行動しているらしい。

午前中の二コマ目の講義が終わると、芹は学食の机で弁当を食べている内山の下へ向かった。

「前、いいかな」

芹が声を掛けると、内山は怪訝な様子で顔を上げた。

銀縁眼鏡にきっちりセットされた髪型、さらにはジャケットにパンツを合わせた姿は、やけに落ち着き払って見えて休日のサラリーマン然としている。

「どうぞ」

内山は眼鏡のブリッジを軽く押し上げながら、芹に特に関心もないのかすぐに顔を弁当に戻す。

「あのさ、内山。俺のこと、わかる？　高校が一緒で、三年のとき同じクラスだった……」

「吉野芹」

芹が自己紹介する前に、内山はフルネームを口にした。まともに内山の声を聞いたのは初めてだが、よく響く低音をしていた。

「知ってたんだ」

「当然だろう。高校三年間、さらに大学も一緒の人間の名前ぐらい」

「や、でも、まともに話したことないし」

「話をしたことなくても、吉野ほど目立つ人間の名前は、否（いや）でも覚える」

憮然とした口調で言われて、芹はさらに驚かされる。内山はまったく他人に興味を持っていないと思っていたのは、こちらの勝手な思い込みだったらしい。

「そう、だったんだ」

驚きの気持ちを抑えられず、芹は内山の前の席に腰を下ろす。

「ごめん。俺、失礼なこと言ったかも」

「別にそんなことはないだろう。高校のとき、俺は自分から他の人とコミュニケーションを取ろうとしなかったから」

「うん。でも。ごめん」

芹はテーブルに手を突いて頭を下げる。

「謝られることじゃない」

「内山はそう言っても、俺自身の気持ちが済まないからさ。人のこと、見かけだけで判断したら駄目だって、子どもの頃から言われてたのに、ホントごめん」

頭を上げてからさらに顔の前で両手を合わせると、内山は眼鏡の奥の瞳を細めた。

「そんなに謝られるとこちらが恐縮する」

丁寧な言葉遣いが、芹の中で先日の藤村と重なっていく。歌舞伎役者は誰もがこんな話し方をするのだろうか。

微かな嫌悪を覚えながらも、ここで怯むわけにはいかなかった。

「失礼ついでに聞くけど、内山、今もまだ歌舞伎やってる？」

「失礼じゃないけど、やけに突然だ」

食べ終えた弁当の入れ物を丁寧にレジ袋に入れながら、内山は少しだけ眉を上げた。

「もちろん今も俺は歌舞伎役者だ。定期的に舞台に立ってる。それが？」

当然のように言い放つその口調には自負が感じられた。興味本位で揶揄するように尋ねたことに自己嫌悪した。だがここで話をやめたらかえって失礼だ。

「藤村虎之介っていう歌舞伎役者、知ってる?」

慎重にその名前を口にする。

藤村と決裂したのち、自宅に戻ってから芹は散々、平城にどう話をすべきか考えた。結局は適当な言葉で言い繕ったところで、本当のことは伝わってしまうだろうと思い、正直に話をした。

『あんな奴のこと、忘れたほうがいい』——と。

『平城さんにはもっといい人がいると思います。だから、すっぱり忘れたほうがいいです。別れて正解です』

詳細を話さずとも、平城は事情を察したようだ。泣かれる覚悟だったのだが、驚いたことに平城は『やっぱりそうか』と言って笑った。

『多分もう無理だと思ってたの。虎之介くん、しつこくするタイプ、苦手だってわかってたんだ。でも吉野くんのことを口実に連絡くれたんじゃないかと、ちょっとだけ期待したんだけど、やっぱり違ったのね』

平城は肩を竦めぺろりと舌を出した。

『無理言ってごめんね。ありがとう』

あっさりと言われて、芹のほうが困惑させられる。

平城はもう割り切れていたのかもしれない。

（それなのに、俺は……）

でも芹は、そんな平城とは違った。

舞台での藤村、カフェで見た藤村、さらにはラウンジで対峙したときの藤村の顔が、脳裏に鮮明に刻まれてしまっていた。

平城に忘れたほうがいい、別れて正解と言いながら、自分はどうなのか。

もちろん芹は、藤村とつき合ってなどいなければ、先日ちょっと顔を合わせた程度の関係だ。比べるのも間違っている。

でもだからこそ、無性に藤村のことが気になってしまった。

スマホに登録された電話番号を消すこともできない。その番号に電話を掛けることなど到底できない。

ここ数日、藤村の出演した作品のＤＶＤを眺めて過ごした結果、辿り着いたのが内山だった。

内山の存在を思い出したとはいえ、そこですぐに藤村に話が通じると思っていたわけではない。

とりあえず芹にとって縁遠い歌舞伎の世界を知ることから始めるべく、話を聞きたいと思っただけなのだ。

「もちろん。兄弟みたいなつき合いをしている先輩役者だ」

だから内山の口からこんな予想外の返答があって、慌ててしまう。

「兄弟みたい………って」

「狭い世界なんで。歌舞伎役者は大きな家族みたいな感じだよ。特に虎之介の兄さんは、俺たちの縁続きのおじさんに教えを乞うているし」

（そういうもんなのか？）

「それより、吉野の口から歌舞伎っていう言葉が出てくることに驚いている。何かあった？」

「この間、藤村虎之介の出てる舞台を観る機会があって……あ、ごめん。知り合いの人、呼び捨てにして」

「そんなの俺に謝る必要ないけど。渋谷で上演されてた舞台？」

「そう」

「どうだった？」

「すっごい面白かった」

芹は即答する。

「俺、舞台観たの初めてだったんだ。時代劇だって言われて誘われたんだけど、なんか俺の思ってた時代劇とは全然違って、あの疾走感とか派手さとか半端ないのな」

あのときのことは思い出すだけで掌に汗が滲んでくる。

「そうだね。俺もあの舞台、観てるよ。吉野はどの場面が印象に残ってる？」

「やっぱり冒頭かな。あと最後の対決シーンが、もうまさに手に汗握るっていうか。藤村虎之介がすごすぎてもうっ！」

思い出すだけで動悸がする。

「どの役者さんたちも格好良かったけど、中でも藤村虎之介が一番気になった。殺陣も本格的で、目が離せなくて。なんでだろうって思ったら歌舞伎役者だってわかったから、それで」

勢いに任せてそこまで言ったところで、芹ははっと息を呑む。

「悪い。なんか、あの舞台について誰かと感想を語る機会がなくて……つい熱くなった」

「わかるよ。俺も観たあと、一緒に行った友達と熱く語ったから」

内山に笑顔で応じられてほっと安堵する。

「それで、同じ歌舞伎役者である俺に声を掛けてきたというわけか」

内山に言われて芹は頷く。

「ごめん。すごいミーハーで」

これまでろくに話したこともなかった相手に、こんな理由で声を掛けるのは、自分でも調子が良すぎると思っている。それでも背に腹は代えられなかった。

「謝らなくていいって。そんな人、吉野以外にもいくらでもいたし」

突き放したような物言いをされてしまい、芹は「でも」とつけ加えてしまう。

「言い訳にしか聞こえないかもしれない。けど、藤村虎之介のことだけじゃなくて、歌舞伎自体にも興味が生まれたんだ。でも俺みたいな素人が行ったらいけない気がして、ちょっと」

嘘ではない。だがこの状況でどう言い繕ったところで、言い訳であることに違いはない。

そんな芹の話を表情を変えることなく聞いていた内山が、口を開いた。

「今度、虎之介の兄さんと共演するんだ」

「……いつ？」

「八月。例年若手の役者を中心にした公演を上演してて。今年、その公演の座長を虎之介の兄さんが務めるんだ。それに俺も出演する」

「観たい！」

芹は即座に反応する。その勢いに内山は目を見開く。

「あ、観たいって言っても、そう簡単にチケット取れないもん？　そういうの、よくわかってなくて……もちろん、チケットは自力で手に入れるから。この流れでそんな風に言っても、嘘くさく聞こえるかもだけど」

慌てて芹はつけ加えるが、何を言っても言い訳にしか思えなくなってきた。芹は落ち込んで項垂れる。

「そんなこと思わない」

「マジで？」

「マジで。それから今度その公演の稽古があるけど、観に来る？」

「え……？」

次の講義の教室に行くため、食堂を出る内山に芹も合わせて移動する。

「そんな、まったくの部外者が稽古なんて観に行ってもいいのか？」

（こんな展開、想像してなかった）

「もちろん、自主的なものだし。それこそ部外者が観て面白いものでもないかもしれないけど」

「面白いとか面白くないとか関係ないし。もし観られるなら、観たい」

「虎之介の兄さんは公演中だから、多分参加していないけど」

「それで構わない」

（むしろいられたら困る）

どんな顔で会ったらいいかわからない。

「そう？」

内山は手帳を取り出して何かを確認しながら、ガラケーと呼ばれる携帯電話でどこかに連絡をする。

「スマホじゃないんだ」

「ん？　ああ、何かと電話連絡が多いのと、スケジュールについては、色々書き込まないと行けないから、このほうが楽なんだ。タブレットも持ち歩いてるからラインはできる。……あ、おはようございます。亨です」

誰かと話をする内山から、芹は一歩離れた。

高校時代からの同級生の横顔を改めてまじまじと眺めながら、芹は不思議な感覚に陥る。

平城に誘われて藤村の舞台を観に行かなければ、こうして内山と大学になって話をすることはなかっただろう。

でもそれは一方的な芹の感情であり、内山がどう思っているかわからない。

これまでまともに話したことのない相手に、都合のいいときだけ声を掛けてくる調子のいい奴だと思われてもしょうがない。

そう思いながら待っていると、電話が終わったらしい。

「話の途中でごめん」

「いや、俺こそ。急ぎの用だ……」

「稽古の見学、許可出たから」

「……は?」

(なんだその突然の展開は)

「今度の土曜日にあるけど、どうする? 急だから先約があるなら……」

「行く!」

「即決だな」

内山は芹の勢いに苦笑する。

「こんな機会、そうそうあることじゃないだろうし。鉄は熱いうちに打てと言うだろう? 下手にここで俺が躊躇して歌舞伎に興味がないと思われたら残念だし」

「素直だな、吉野」

内山は堪えられないように、肩を揺らした。

「高校のときから君の周りには人が多くいたが、その理由がわかるような気がする」

高校時代の内山に関する記憶は、教室の片隅で他人を排除し本を読んでいる姿だけだ。そんな内山が自分を認識していた事実に驚くとともに、申し訳ない気持ちが生まれてくる。

「吉野って、感情が顔に出るタイプなんだな」

内山はさらにおかしそうに笑う。

「自分は高校のとき、俺のこと、あんまり覚えてないのに——かな?」

図星を指されて芹は驚きに目を見開く。

「それはそうだろうと思う。あの頃の俺は、意図的に人目につかないようにしていたから」

「意図的？」

「そう。他人に壁も作っていた。だから別に吉野が申し訳ないと思う必要はない。それよりむしろ、そんな俺に、歌舞伎をきっかけに話しかけてくれたこと自体に感動している」

内山は持っていた鞄（かばん）の中からタブレットを取り出した。

「というわけで、詳細は改めて連絡するから、まずはラインのＩＤから教えてくれる？」


数年前から、納涼歌舞伎と称して、若手の歌舞伎役者を中心とした公演が行われるようになっている。演じるのが若手であるのと同じで、ターゲットも若手に絞っている。そのため毎年ポスターも斬新で、派手な歌舞伎衣装に身を包むのではなく、スーツなどを着た役者が「今」の街を歩くようなデザインが多い——らしい。

内山に説明されて、そのポスターを目にしたことを思い出した。

今回、芹が見学を許可された稽古は、その公演のメンバーが自主的に行っているものだという。具体的に作品について稽古をするというよりも、ワークショップ的な意味合いが強いとのことだ。

「ワークショップってたまに聞くけど、具体的に何をするんだ？」

「言葉の正式な意味は知らないが、俺たちの場合は、準備体操みたいな意味合いで使ってる」

「準備体操？」

内山の返答で、芹はさらに混乱した。

「歌舞伎って、全員揃った公演前の稽古が短いの知ってる？」

「いや」

「ベテランの歌舞伎役者だと毎月なんらかの公演に出てるんだ。そうすると、次の公演に出演者全員で合わせられる時間は一週間あるかないか。ちなみに普通の現代劇とかだと、一か月ぐらい稽古にかけるところもある」

「一週間の稽古で、人に見せられる状態になるのか？」

「なる」

内山は断言する。

「というのも、全員で合わせるのは一週間しかなくても、それまでの間に個々でしっかり稽古しているから。歌舞伎の動きも体に入っている。小さい頃から稽古してるから。現代劇と違って歌舞伎の場合、決まりごとが多いから、台詞さえしっかり頭に入っていれば、後の動きはこれまでの経験からできてしまう」

「そういうものなんだ……」

最近では国立劇場（こくりつげきじょう）で行われる研修を経て歌舞伎役者になる道もあるそうだ。だが基本、歌舞伎の世界は世襲制だ。内山の話を聞くとそれも当然なのだろうと思える。

独特な歌舞伎の動きひとつひとつが、子どもの頃から体に入っているのだ。

「とはいえ、親世代と比べて若手はいかんせん経験が足りない。その分、事前に作品に触れたり共演者と意見を交わしておく必要がある。歌舞伎は演出家もいないから、どういう風に作品を上演するかも、自分たちで決めないといけないんだ」

「大変だ……」

そんな若手のワークショップが行われる場所は、下町のとある芝居の稽古場だった。

金曜日の夜に内山から場所の詳細がラインで送られて来て、土曜日の午後二時にＪＲ総武線のとある最寄り駅で待ち合わせをした。

着物姿の内山を見た瞬間、気持ちが上がってくるのがわかった。稽古自体は午前中からあって、わざわざ練習を抜けて芹を迎えに来てくれたらしい。

住所を教えてもらっていたので一人で向かうつもりだったが、道がわかりにくいこと、内山は内山で息抜きしたいとのことで、言葉に甘えることにした。

そして稽古場へ向かう道すがら、内山に話を聞いていたのだ。

ＩＤを教え合ったことで急速に距離が縮まった芹は内山とライン上で色々な話をした。歌舞伎初心者の芹が質問して、内山が答えるというパターンが大半だったが、テレビや映画、舞台の話もしたために、かなり打ち解けた。

「本当に俺なんかが見学させてもらってよかったのかな」

思っていた以上に本格的な稽古だ。

見慣れない着物姿の内山を見て、今さらな焦りを覚えた。

「それなんだけど」

内山は思い出したように口を開く。

「吉野は役者志望ってことになってるから」

「……俺が？」

「なんで稽古なんて観たいのか聞かれたから、咄嗟に口をついて出ちゃったんだ。だからってそれを突っ込まれることもないから、気楽にしてていい」

「そう言われても」

（ただでさえ緊張するのに、余計プレッシャーかかるじゃんか）

人見知りするほうではないが、稽古に集まっているのは歌舞伎役者ばかりだという。芹の知っている歌舞伎役者は、藤村虎之介と内山の二人ぐらいだ。他の役者たちがどんな感じか想像もつかない。部外者のくせに！　という目を向けられたらどうしようか。どんな風に観ていていいものか。デニムにシャツを合わせてきたが、こんなラフな格好で良かったのかもわからない。具体的に見学が決まった昨夜から色々シミュレーションしてみたものの、まったく想像できなかった。

「あと、もう一つ」

「何。まだなんかあるのか？」

内山は芹の表情を眺めてにやりと笑う。

「虎之介の兄さんが急遽（きゅうきょ）参加することになった」

「え！」

一瞬、芹はその場に硬直する。

「藤村さん、俺が見学するって……知ってる、の？」

「見学者があることはもちろん知ってる。でも別に名前は言ってない。言ったところでわからないだろうし」

内山はさらりと流す。

（そうだ。俺が直接藤村と話したこと、内山には話してないんだから知るはずがない）

となると、芹の顔を見て、藤村はどんな反応を見せるだろうか。

一瞬、このまま帰りたい衝動が生まれる。だがその衝動よりも、稽古が観たいという想い、さらには、もう一度だけ藤村に会いたいと思ってしまう気持ちが勝ってしまった。


稽古場は小さな体育館のような場所で、天井が高くだだっ広い空間が広がっていた。音が外に漏れないためか壁は厚く、扉も防音仕様になっていた。

「その辺りの椅子に座って観てて」

稽古参加者に挨拶(あいさつ)しようと思っていたが、芹が到着したとき、既に他の稽古が始まっていてとても声の掛けられる雰囲気ではなかった。

「テーブルに置いてあるの、適当に飲んだり食ったりしていいから」

内山は芹に小声で指示すると、そのまま稽古に合流する。遅れて参加する内山の姿に、一番奥にいた背の高い男が反応する。内山と同じく着物姿のその男は何か会話したのち、ゆっくり顔をこちらに向けてくる。

そして「彼」が自分を認識したのが、芹にもわかった。藤村だ。

ほんの一瞬、二人の間で時間が止まった。

だがすぐに藤村は自ら時計の針を動かした。

「それじゃ亨含めてもう一度最初から」

藤村の号令で、改めて稽古が始まる。

ワークショップと言うから何をするのかと思っていたが、その内容は本当に多岐に亘っていた。ストレッチから発声練習に型や殺陣の稽古と、次から次に取り組んでいく。

藤村は、この間の舞台のときとはまた印象が違っていた。

まず、声が違う。発声の仕方か。もっと太くてもっと伸びやかに、朗々と歌舞伎のものだろう台詞を口にする。

台本は手にないが、それに他の役者が即座に応じる。多分、配役も決まっていないのだろう。今度は別のリーダーらしき人の台詞で、違う話がまた進んでいく。

違うのは藤村だけではなかった。内山も、芹の知っている内山ではない。

扇子を手に踊る姿は美しく凛々しい。藤村と同じく背筋がぴんと伸びていて、ひとつひとつの動作がとにかく繊細で優雅だ。発せられる言葉も明瞭で聞きやすい。

深みのある藤村の声より高く、尖った印象なのは、内山の声の特徴なんだろう。

他の役者も皆若く、おそらく一番の年長者であろう藤村の言葉をよく聞き、その指示に従っている。

何度も同じことを繰り返しながら、少しずつ変化するのもわかる。

流れる汗すら美しく、真剣な表情を見ているだけで胸が苦しくなってきた。

（すごいな……）

部外者の自分が観ていていいのか。そんなことを思っていたのは最初の数分だけだった。

真剣な稽古に巻き込まれて、芹も一緒に稽古しているような気分になっていた。


「どう？」

二時間、休憩なしの稽古が終わり、流れる汗を拭う内山に問われる。

「すごい。気づいたら、必死になって拳握ってた」

芹は強く握りすぎたせいで、掌についた爪の痕を見せる。

「何、それ。痛くない？」

人懐こい笑顔で語りかけてきたのは、西條鶸（さいじょうひわ）という芹と同じ年の役者だった。

たおやかで柔らかな印象なのは、主に女形（おんながた）をしているせいなのかもしれない。

上方（かみがた）といわれる関西で、主に活躍した歌舞伎役者を父に持つという西條は、内山同様、物心つくかつかないかの頃から、弟の若葉（わかば）と内山の三人で、歌舞伎に親しんでいたらしい。

テレビのドキュメント番組などでたまに見るように、幼い頃から父親が師匠となるというのは、芹には想像もつかない。

「子どもの頃からやってて、大変じゃない？」

「うーん。大変と思う前から始めてるから、生活の一部みたいになってるかなあ」

西條は笑みで答える。

「内山も？」

「俺もまあ、一応」

「一応って何、その言い方。亨は余計な含みを混ぜた物言いするから、周りの人に煙たがられるんだよ」

強い口調で西條は内山を説教してから芹に向き直った。

「亨みたいに面倒な人間と友達になってくれてありがとう。なんか、吉野くんみたいに普通の友達がいて、すごく安心した」

「いや、こちらこそ、内山に色々世話になってて……」

「亨が誰かを稽古に連れてくるなんて初めてなんだよ。もう、雹か槍でも降るんじゃやって昨日からみんなで噂してたんだ」

「おい、鶏。余計なこと言うな……」

「いいじゃん。虎之介の兄さんが急遽参加することになったのも、亨の友達の顔を見たいから、だったんだし」

「……………え」

とんでもない話に、芹はつい反応してしまう。

「何？　虎之介兄さんのファン？」

西條は普通に聞いてくる。

「ファンっていうか、この間の舞台観て、それで」

「気になって歌舞伎にも興味持ったらしい」

「そうなんだ。ふーん、なるほど」

意味ありげに西條が頷いた。

「そうだ、吉野。せっかくの機会だ。虎之介兄さんに紹介するから来いよ」

内山が突然に余計な気を回してくる。

「亭がこんなこと言うなんて、滅多にないことだよ。だから、挨拶しておいで」

「いや、いいよ。そんな……」

西條がさらに煽ってくる。

「でも、俺、そういうつもりで来たわけじゃないし……」

最初に内山に声を掛けたときには、もしかしたらまた藤村に会えるかもしれないという気持ちもあった。稽古の見学についても、まったく期待していなかったと言ったら嘘だが、藤村が不参加と聞いて安堵した気持ちのほうが強い。

さらに今日の稽古を観て、ミーハーな気持ちだった己を反省した。

「というか、見学してて、軽い気持ちで観たいって言ったこと、反省してる。稽古してる人は、みんな真剣なのに、すごいいい加減な気持ちの人間が観ててよかったのかって……」

「そういう風に吉野が考えてくれるなら、稽古につれてきて良かったと俺は思う」

俯く芹に内山は優しい口調で語りかけてくる。

「内山……」

「吉野みたいに、歌舞伎に興味があるって声を掛けてきた奴、初めてじゃない。どういう理由だろうと、歌舞伎に興味を持ってくれること自体はありがたいんだけどさ、ただサイン欲しいとか、チケット回してほしいと言われると、なんだか癪だろう？」

「そんなこと言う奴いるの？」

「いるよ。そういう人のほうがむしろ多いかな」

答えたのは西條だ。

「最初、吉野もそういうタイプかと思った。だけどなんか様子が違うし、半ば冗談で稽古に誘ったらすっごい嬉しそうな顔するし」

（冗談だったのを本気にしたのか、俺）

無性に恥ずかしくなる。

「さらに、俺たちの稽古を見て、そんな風に感じてくれるとは思ってなかった。むしろ、俺のほうが感謝してる。ちゃんとわかってくれたのか、と」

内山は芹を褒めてくれるが、かえって申し訳ない気持ちが込み上げてくる。わかった風なことを言ってるだけだと、自分でもわかっているからだ。

「その話は置いておいても、こんな機会、そうそうない。それに、稽古に連れてきた以上、座長に挨拶はしておいたほうがいい。俺の顔を立てると思って」

「……わかった」

内山の言うことはもっともだ。

稽古を観させてもらったお礼は言うべきだ。そう思ったから、内山に連れられて藤村の下へ向かう。

「虎之介兄さん」

他の役者と話していた藤村は、内山に呼ばれて顔をこちらに向けてきた。一瞬ピクリと眉が動いたのは見逃さない。

「俺の高校、大学の同級生で、吉野芹です」

紹介されて芹はぺこりと頭を下げた。

「はじめまして。吉野芹です。今日は大切なお稽古の邪魔をしてすみません。見学の許可をありがとうございました」

頭を上げると、自分をじっと見つめている藤村と目が合った。条件反射のように身構えるものの、この間とは違って威嚇するような鋭さはない。

「はじめまして。藤村虎之介です」

藤村は団扇(うちわ)で顔を仰いでいた。先日ホテルのラウンジで会ったときとは、まるで雰囲気が異なっていた。乱れた前髪が額を覆い、肌が全体的に上気している。普通の服を着ているときはかなり着痩せするようだ。首のラインや、だらしなく大きく開いた汗ばんだ鍛えられた胸元から、濃厚な艶が溢れていることに、当人は気づいているのだろうか。

「別に俺が許可を出したわけじゃないから、礼なんていらないよ。伝統芸能を煙たがる若者が、特に男性は多い昨今、稽古を公開するぐらいで興味を持つ人が増えるなら、喜んで招待するし」

お互いに「はじめまして」の挨拶をした上で、藤村はやけに他人行儀な丁寧な口調で返してきた。

「それより、このあとの予定はどうなってる？」

「特に……何も」

「それなら食事にでも行かないか。一般の人から観た稽古の感想も、今後のために聞いてみたいし」

「あの……」

どういう流れかわからず、芹は咄嗟に隣に立つ内山に助けを求める。しかし内山はあっさり芹を大海に放り投げた。

「俺は鶺と出かける予定があるんで、虎之介兄さんが良ければ、吉野に美味い食事、ご馳走してやってください」

「ちょ、内山。お前、何を」

（表向き初対面の体の藤村と二人で食事に行けって言ってるのか？）

「君がいいなら、俺は構わないが？」

「俺は」

「そういえば吉野、かなりの時代劇通です。それも、ちょっとマイナーどころの」

「へえ」

藤村の表情が微かに変化する。

「多分、兄さんと話が合います」

「それは是が非でも食事に行かないとだな」

にやりと藤村は笑って芹に狙いを定める。

「それで、どうする？」

「よろしくお願いします」

（なんて言ってどうするつもりだよ、俺）

この場で否と言えるほど、芹は強い人間ではなかった。

「ハツとボンジリとレバーと……レバーはタレで、あとはおすすめで。あと……亭と同学年ってことは、もう酒の飲める年齢だよな。ビール、ジョッキでふたつ」

慣れた様子で料理を注文し終えた藤村は、芹に確認しただけで返事を聞くことなしに、既に運ばれていたビールのジョッキを手にする。

「それじゃ、お疲れ様」

「お疲れ様です」

ジョッキを向けられ、慌てて芹はほんの少し躊躇しつつ、自分のビールジョッキを手に乾杯をする。ゴクゴクと喉仏を上下させながら美味そうにビールを飲む藤村を横目に、芹はジョッキに口を当てた。

馴染(なじ)みの店なのだろう。店主も店のスタッフとも、藤村は笑顔で会話している。

(なんでこんなことになってるんだろう)

成り行きで藤村と二人で、稽古場からほど近い場所にある、地元の居酒屋の小さなテーブルで向かい合わせに座っている。居心地が悪くて仕方がない。

藤村は稽古時に着ていた着物から、今はデニムに派手な図案が描かれた黒地のシャツを羽織っているだけのラフな服装だ。

耳にピアスはなく、指輪も眼鏡もない。

汗をかいて濡れた髪も、軽くブラッシングした程度なのだろう。この間会ったときのようにセットされていないせいか、年齢不詳だった。インターネットで年まで確認しなかったが、本当は何歳なのだろう。

（こういう格好も似合うなあ……）

プロポーションがよくて顔の造作も濃くないせいか、どんな服でも似合ってしまうのだろう。じっくり眺めたいところだが、じろじろ見るわけにもいかない。

「食べないのか？」

ジョッキを抱えたままの芹を眺めて、藤村は怪訝な表情を見せる。

「いえ、いただきます」

だから慌てて食べようとしたのだが、いざ焼き鳥の串を口に運ぶタイミングで、藤村が余計な話を始めてきた。

「そういえば、役者志望だって？」

「ぐっ」

食べたばかりの焼き鳥に噎せてしまう。

「大丈夫か？　水をもらうか？」

「い、え……これで……げふっ」

慌ててビールで喉を潤しながら、上目遣いで藤村を睨んだ。

（そんなわけないこと、知ってるだろうに）

それでもあえて聞いてくるのは、芹の口から真実を言わせたいということだろうかと訝しんでいた。が、驚いたことに藤村はわざわざ席を移動して隣に来ると、芹の背中を撫でてきてくれる。

（うわ……っ）

隣り合うと体格の違いが顕著だ。

背中に触れる手は大きい。

「七味が喉に張りついたのかもしれないな。炭酸を飲むと刺激されるから、これを飲むといい」

ジョッキの代わりに水の入ったグラスを握らされる。ふわりと漂ってくるのは、稽古のあとゆえの微かな汗の匂いと、おそらく藤村が使っているだろうコロンの香り。

「すみま、せ……」

用心しながら水を飲んでいると、少し落ち着いてきた。

胸元を手で擦りつつ、やっと人心地つく。持っていたハンカチで口元を覆い、小さく深呼吸した。

「すまない」

そのタイミングで藤村が謝ってきた。

「何が、ですか?」

焼き鳥で噎せたことについて、謝られる理由はないだろう。

「この間のことだ」

芹は持っていたハンカチを口元から下ろす。

「君のことをろくに知りもしないで、金目当てかなんて失礼なことを言ってしまった」

藤村は口元に手をやりながら、言いにくそうに言葉を紡いでいく。

「言い訳にしかならないが、真由の後輩だということは聞いていたが、そういう立場を利用してくる輩はこれまでにも結構いてね。亭の友達だと知っていたら、そんなことを言ったりしなかったんだが……」

その言い訳に疑問が生まれる。

「……あの、俺のほうも失礼なことを聞いてもいいですか？」

「いいよ」

「平城先輩とはつき合ってたんですよね？」

「ああ」

「彼女の後輩だと信用できなくて、内山の友達なら話は違うとなる理由はどうしてなんですか？」

「比べ物にもならない。真由とのつき合いは一か月だ」

「それにしたって……」

「亭とは、あいつが子どもの頃からのつき合いだ。それこそ家族に等しい」

芹の背中を撫でるために座っていた場所から、元々座っていた椅子へ移動する。

「鶺は……亭と一緒にいた奴だが、鶺や鶺の弟の若葉は、定期的に友達を連れてきている」

主に女形をやっているという西條の優し気な笑顔が蘇ってきた。

「稽古場はある意味俺たちにとっては仕事場だ。そこに部外者を連れてくることについて、考え方は様々だ。歌舞伎に興味を持ってもらうためにと考えて、積極的に自分たちの姿を見てもらうことを選んだ。だが亨は違う」

新たに藤村の注文した焼酎が運ばれてくる。それを一口味わってから先を続ける。

「中学の頃に、歌舞伎役者だということを理由に色々と嫌な目に遭ったらしい。それで高校も当初行く予定の学校から変更したと聞いている」

芹ははっとさせられる。

（それがうちの高校だったのか……）

「もちろん、亨の性格によるところもあるだろう。歌舞伎の仲間がいればそれで構わないという考え方だった」

中高一貫教育の学校に高等部から編入してきたこと、さらに歌舞伎役者であり、他人を寄せ付けない雰囲気から、内山はクラスでとても浮いた存在だった。世話好きのクラス委員ですら、内山とはろくに話したことがなかったと聞いている。

お高く留まっている――と裏で噂されていた。芹はさほど興味を持たなかったものの、孤立していた内山のことは記憶している。そんな芹の目に内山は、お高く留まっているのではなく、他人を排除しているように見えていた。

それがなぜなのか、当時は理由など考えたことはない。だが高校時代の己を思うと、どれだけ不安だったただろうかと思う。常に周囲に人が集まっていた芹からしたら、どんな理由があろうとも、一人でいる状況を想像したら、不安で押し潰されそうになる。

「君も知ってるだろうが、亨は悩みがあっても自分から相談するようなタイプじゃない。自分から積極的に友達を作るタイプでもない。そんな亨が、君を連れてきた。この事実だけで、亨を知る俺たちには、君に対する信頼度は高い」

ストンと、胸につっかえていた物が落ちていったような感覚を覚えた。同時に、激しい罪悪感が襲ってくる。

「俺は……」

「そんな君に、とても失礼な態度を取ってしまったことを、改めて謝罪する。申し訳なかった」

芹が何かを言うより前に藤村に頭を下げられてしまう。

「藤村さん……」

「君の人となりを事情を知らなかったとはいえ、ほぼ初対面の相手にすべき対応ではなかった。言い訳させてもらえるなら、つき合っていた一か月の間に、真由が俺に会わせたいと言って連れてきた人間は両手にも余る」

「じゅ、十人、ですか?」

聞き間違いかと思って確認すると「実際は君を入れて十二人、かな」と藤村は苦笑交じりに応じた。

「大体は真由自身じゃなく、相手のほうから俺に会わせろと言ってきたらしい。だが真由は真由で、芸能人である俺とつき合ってることを自慢したかったんだろうな。必ず一緒の写真を要求された」

「承諾したんですか?」

「もちろん断った。後々面倒なことになるのは目に見えていたから」

ため息まじりの話に、芹はいたたまれない気持ちになった。芹自身、真由の同行者だった。さらに結果として、二人と居合わせて芹は勝手に写真を撮ってしまっている。

「すみません」

芹はテーブルの下の膝に両手を突いて、藤村に向かって頭を下げた。

「どうして君が謝る必要が？」

「藤村さんはわかってると思いますけど、俺は役者志望なんかじゃありません」

言い訳はある。

役者志望だという理由をつけたのは芹自身ではない。

内山はこれまで、稽古場に人を連れてきたことがなかったという。その理由や経緯を聞いて、どうして芹が「役者志望」という理由づけをされたのかもわかった気がした。

役者志望という理由が必要だったのは、芹ではなく、内山のほうだった。

でもそれをあえて藤村に言う必要はない。

「わかっているよ。亨がそういうことにしたんだろう？」

でも詳細は言わずとも、藤村はわかってくれた。だから余計に申し訳ない気持ちが募ってくる。

「――それから、あのとき勝手に写真を撮ってしまってすみませんでした」

本当に謝罪すべきだったのはこのことだ。テーブルに置いたスマホにちらりと視線を向ける。

「呼び出しをされたとき、きちんと謝るべきでした。でも金目当てとか言われて、咄嗟に頭に血が上ってしまって……」

（……すごい目だった……）

芹を睨んできた藤村の視線は、今もはっきり覚えている。

「言い訳かもしれませんが、誰かに見せようとかそういうつもりで撮ったわけじゃないです。ただ、なんか、咄嗟に手が動いていて……」

あのときの感覚をどう説明すればいいのか芹自身よくわかっていない。

「本当は、この間会ったときに、きちんと謝るつもりだったんです。でも……」

自分に向けられた藤村の態度に苛立ちを覚えた。

金目当てかと言われても否定できなかった。違うのだと言ったところで、写真を撮った理由を自分で自分に説明できなかった。

「俺が悪いのはわかってたのに、あからさまに上からの目線で威嚇された上に蔑まれたように思えて、すごく悔しかったんです」

逆切れだと言われても仕方がない。

藤村は黙って芹の話を聞いている。

「だから……すみませんでした。写真は誰にも見せていませんし、この間見たことも誰にも話していません」

顔を上げたとき、藤村はまだ芹のスマホを眺めていた。

藤村は手を伸ばして勝手に芹のスマホを手にすると、突然にもう一方の腕を肩に回してきた。何をするのか問う間もなく、藤村はカメラを起動させて二人の写真を撮った。

「あの……」

「この写真なら別に削除しなくてもいい」

「え？」

返されたスマホには、事情がわからずにいる芹と藤村のツーショット写真が表示されていた。

「それよりも、この間の芝居、どうだった？」

「面白かったです」

写真を本当に削除しなくていいのだろうかと思いながら、不意打ちの問いにもかかわらず芹が即答すると、藤村の眉が上がった。

「面白いって、失礼な感想だったらすみません。観劇なんてしたことがなかったんで、どう言ったらいいのかよくわかんないんですが」

「観たままの感想を、君の言葉で聞かせてくれればいい。具体的に何がどう面白かったか聞かせてもらえないか？」

観たままの感想とは何を言えばいいのだろう。

「あの……冒頭のところの藤村さんの第一声が、ドンッて腹にきて。空気がビリビリ震えて……極彩色の舞台の中で、藤村さんだけ墨絵のような感じがしました」

それでも話をしていると、一度しか観ていないにもかかわらず、強烈な印象として脳裏に刻まれている舞台の映像が蘇ってきて、気分が昂揚（こうよう）してくる。

「墨絵？」

「悪い意味じゃないです」

怪訝な表情の藤村に、芹は慌てた。

「俺、舞台とか生で観るのが初めてで……時代劇は祖父と一緒に映画とかテレビとかで観てました。それで昔の時代劇って、映像のせいかもしれないんですけど、ちょっと墨絵みたいなイメージないですか？　渋いというか……他の役者さんたちの殺陣も派手で格好いいんですけど、どっしりと構えた藤村さんから目が離せなくなっていました」

当人を前に言うのも恥ずかしいが、言葉にしなければ想いは伝わらない。

失礼なことをしたからそのお詫びだからこその世辞ではない。心の底から藤村の演じる姿に魅せられた。

「最後の対決シーンは、息詰まるような空気があって……全身がぞわぞわしてきました。主役の人が強く荒々しく見えるのも、藤村さんの抑えた完璧な返しがあるからだと思いました……って、全部じいちゃん……子どもの頃に祖父から聞いた受け売りです」

言葉を重ねれば重ねた分、変な話になっている気がする。それでも芹はあのときの感動をなんとか言葉にする努力をした。

「芝居のことなんてわかってないのに、偉そうなことを言ってすみません。テレビドラマや映画でも知ってましたが、あの舞台を観て藤村さんにものすごい興味を持ちました」

それから、どうしてもこれは話さねばならないだろう。

「藤村さんが歌舞伎役者だとわかったんで、それまで友達でもなかったのに高校のときの同級生で、今も同じ大学に通ってる内山に話しかけました」

膝をさらに強く握り締める。

「すみません。俺も平城先輩の友達と同じです。藤村さんのことが知りたくて、内山を利用したんです」

（ただのミーハーなだけだ）

穴があるなら入りたい。

「それは嘘だろう？」

藤村の笑いを孕んだような声に芹は顔を上げる。

「俺は当初、今日の稽古に参加予定じゃなかった。亨が友達を連れてくると知って急遽参加することにした」

「でも、藤村さんのことがあったからこそ、稽古を観たいと思ったことは事実で」

「それは亨もわかってる。だが亨も言ってただろう？　なんらか下心があって亨に声を掛けてきた人間は多いが、稽古まで観たいと言った人間は君が初めてだったと」

それはそうだ。でも。

「俺も正直、どうして亨が君を受け入れたのか不思議だった。だが今の話を聞いていてわかった気がする」

「何がですか」

芹は思わず身を乗り出す。そんな姿がおかしいのか、藤村は破顔した。

「君の言葉には裏表がない」

「言われている意味がよくわかりません」

「俺も上手く説明できないんだが……とりあえず、お互いに謝り合ったということで、これで手打ちにしないか。その上でここから先は、ざっくばらんに話をしたい。どんな時代劇が好きなのかとか」

それまでとは違う藤村の柔らかい表情や声色に、芹はほっと安堵する。

「藤村さんがいいのであれば」

「それじゃ、まずは酒だな」

気づけば芹の飲んでいたビールが空になっていた。藤村は既に追加で注文した焼酎を飲んでいる。

藤村は今回も芹に確認することなく、メニューを手に取ると、近くにいた店のスタッフを招き寄せる。

「メニューにある以外に、何かいい酒入ってますか？」

年下だろう相手に丁寧な口調で語り掛ける。だからといって堅苦しい感じがしないのは表情のせいだろうか。

「……がいい？」

ぼんやりしていると、藤村は芹に確認を取っていた。

「すみません。ぼんやりしました。なんですか？」

「日本酒と焼酎、どちらがいい？」

「日本酒、で」

これまでに飲んだことはないが、せっかく藤村が勧めてくれるのだから、挑戦してみたい。

「辛口と甘口は？」

「甘口を」

芹の返答で藤村の選んだ日本酒が運ばれてくる。

朱塗りの升の中にグラスが置かれ、そこに零れるほど日本酒が瓶から注がれる。

「どうやって飲むんですか？」

「そのままグラスに口をつけて飲んでごらん」

促されて飲んでみると、すっきりとした香りとほんのり甘い「酒」が、食道を通って胃に落ちていくのがわかる。

「どうだ？」

「甘い――です」

そして予想していたより飲みやすい。

「イケる口みたいだな。せっかくだから、この辺りの料理と合わせてみるといい」

勧められたのはいかの塩辛だ。

(塩辛、苦手なんだよな)

だがここで断る選択肢はない。恐る恐る口に運ぶと、口の中に独特の香りが広がっていく。

「それで日本酒を飲んで」

言われるままに一口飲んでみる。

「……嘘。美味い、かも」

正直な感想を口にしてから、芹は「あ」と短い声を上げる。

「合いますね」

「わざわざ言い直さなくてもいい」

ふっと笑った瞬間、藤村の目尻が下がり、蕩けそうに優しい表情が生まれる。その瞬間、心臓がドキンと鳴った。

「嫌いだったんだろう、塩辛」

「いえ、嫌いってわけじゃ……」

「でも日本酒と合わせたら美味く思えたんだろう？」

まさに図星だった。思わず芹は目を見開いて藤村を凝視してしまう。

「なんでわかるんですか」

「なんでも何も、君の表情を見てればわかる」

「俺、塩辛、嫌いそうな顔してましたか？」

尋ねた瞬間、眉間に指を押し当てられる。

「ここに皺が寄っていた」

「……っ！」

芹は咄嗟に身を引き眉間を両手で覆う。

「そんなに露骨に驚かなくてもいいだろう。別に取って食おうってわけでもないのに」

「取って食うって……っ！」

「たとえ話だろう」

藤村は苦笑しつつ、塩辛に箸を伸ばす。

「君が女の子ならともかく、男を食う趣味は俺にはない」

当然のように言い放たれた言葉を聞いた瞬間、ガンッと頭を殴られたような感覚を覚える。自分でもそれが何かわからない。だがショックを受けている。

（なんで……？）

「それは俺だって……そうです」

懸命に笑顔を装いながら頬が引きつっているのが自分でもわかる。

すぐに話題は変わって、藤村のお勧めの肴を食しながら、どんどん酒が進んでいく。

口当たりがよく喉越しが爽やかな日本酒ばかりで、ピッチが上がってしまう。元々日本酒を飲んだことがないせいで、己の酒量もよくわかっていない。

ただなんとなく頭がフワフワしてきていることは、自分でもなんとなく把握していた。

「大丈夫か？　酔ってるんじゃないか？」

「そんなことないです。それより、もっと話を聞かせてください」

芹は元々人懐こい性格だが、上下関係はきっちりしているほうだと自負している。そのため、他人行儀だと言われることも多いが、子どもの頃から培われたもので今さら変えられない。

「この間の舞台の裏話ならいくらでも」

「お願いします」

藤村は面白おかしく、芹が初めて観た舞台の話をしてくれる。

稽古期間中、共演者と食事に行ったときの話や実際の舞台での失敗など、週刊誌やワイドショーの記者が泣いて喜ぶようなネタが盛りだくさんだった。

サービス精神が旺盛なのか、わからないことを質問すれば丁寧に答えてくれる。歌舞伎の話も時代劇についても、とても造詣が深い。

歌舞伎は藤村にとっては仕事だ。でもそれで説明できるものではないだろう。仕事だということにプラスして、歌舞伎が好きでなければわからないことも多いのだろう。まったくの素人の芹にも伝わってくるほど、藤村の歌舞伎に対する熱が感じられた。

そんな藤村の熱に煽られるように酒量とペースが上がっていく。

酒も肴もとにかく美味いのだ。おまけに藤村の勧め方が巧みだ。グラスが空になりそうになれば、すぐに追加を聞いてくれる。日本酒を頼めばそれに合う料理を教えてくれる。酒が好きなのだろうし、この店にもよく来ているのだろうが、同じ立場だったとして、芹は藤村のように振る舞えるだろうか。

藤村と一緒にいると、不思議な特別感が生まれてきて、心臓がうるさいほどに鳴り出してくる。

「そろそろ閉店だ」

藤村に言われて時計を見ると、十一時半になろうとしていた。

「もうこんな時間なんだ。終電間に合うかな……」

立ち上がろうとした瞬間、膝ががくりと折れた。反動でふらつく芹の体を、藤村が横から支えてくれる。

「大丈夫か?」

隣に座ったときと同じで、ふわりとコロンの香りが漂ってきた。それから感じる汗の匂いに、全身がぞくりと震える。

(なんだ、これ……)

「大丈夫です。それより、お金……」

「俺が誘ったんだ。ここは奢り(おご)だ」

藤村はさりげなく芹の背中に手を回し、店の外まで出て行く。

「でも」

「もしよければ、また稽古を観に来るといい。今日みたいに端からではなく真ん中から観て、みんなに感じたことを伝えてほしい」

「稽古を観られるのは嬉しいけど、でも素人の俺の感想なんて……」

「さっきの感想も、君の意見は核心を突いていた。俺たちが相手にしている客は皆一般人だ。世辞は不要だ。正直な感想が知りたい」

そこで一度言葉を切り、真正面から芹の顔を見つめてきた。

「興味があれば、だが」

「もちろん、あります、興味!」

(歌舞伎にも……それから、藤村さんにも)

心の中で呟いたつもりの言葉だった。だがその藤村の名前を口にした直後、背中を引き寄せられ、上向きにされた芹の唇に温かいものが重なってくる。

(何、が……)

そして離れていく瞬間、芹はやっとぺろりと唇を嘗める舌の感触に気づく。

「な……に、を」

慌てて藤村の胸を押し返す。

「俺、は、男です」

「わかっている。だが君は男が好きなんじゃないのか？」

確かめるような言葉に、全身が震えた。揶揄しているわけではないだろう。真顔の藤村の言葉に、芹の体温が上昇する。

「どうして……どうしてそう思うんですか」

「俺を見る目が誘っているように見える」

続けられる言葉で、芹の心臓が高鳴った。同時にむっとした。

（そんな目で、俺はこの人を見ているのか）

酔った頭で冷静な判断力がない状況で、芹は思い切り混乱する。

「離してください。俺、そんなつもりないです」

必死に抵抗して言い訳する。

「男を食う趣味はないって、言いましたよね？」

「言った。だが、食えないわけじゃない」

熱い吐息交じりの強烈な艶を放つ声と視線で、全身の肌が粟立った。

（それって、どういう意味？）

「もう終電はないだろう。明日は土曜日だ。学校が休みなら、うちに来ないか？」

戸惑う芹をさらに困惑させるように藤村が誘ってきた。

「俺は……」

今の状況でさすがに家に行くわけにはいかない。

（俺は別に男が好きなわけじゃ……）

「ごめん。冗談が過ぎた」

真剣に困り果てた芹を見かねたように、藤村が苦笑いする。

「さっき君が観たことがないと言っていた時代劇。うちにＤＶＤがあるんだ。良ければ一緒に観ないか？　一人で観るより二人で観たほうが絶対楽しい」

「……いいんですか？」

子どもの頃、祖父が面白いと言っていた作品だ。当時はまだビデオ化されてなくて、その後限定でＤＶＤ化されたらしいが、なんとなく見損ねていた。

「君さえ良ければ、ぜひ」

「それじゃ、ＤＶＤを観に……」

（そうだ。俺はＤＶＤを観るために行くんだ）

無理やり理由づけした芹は、藤村の誘いに乗ることにした。

5

「適当に座って待っていてくれ」

藤村は芹をリビングに案内すると、上着を脱ぎながら隣にあるキッチンへ向かう。

芹は入ったすぐの場所で立ち尽くし、部屋を見回した。

（適当にって……）

カウンターキッチンの備わった広いリビングには、キッチン側にダイニングテーブル、そして窓側にはソファセットと大きなテレビが置かれていた。

そして壁一面に配置された書棚には、本やＤＶＤがぎっしり並んでいた。それだけではない。リビングのテーブルや床に、大量の雑誌が置かれている。決して綺麗とは言えないそのリビングからは、藤村の日々の生活が見えてくるようだった。

とりあえず座る場所を作るべく、頭がふらつく状態ながら、ソファや床に散乱している雑誌や本を拾い集めていく。

ここまでは、稽古場近くの居酒屋からタクシーに乗って三十分もかからなかった。タクシーの後部座席に並んで座っている間、藤村は口を開かなかった。長い沈黙で急激に酔いの醒めて行く中、芹は帰ったほうが良かったのかと後悔した。だが気づけば逃れられないように、手は握られていた。

（ＤＶＤを観に来ただけだし……）

「滅多に人が来ないせいで、汚くてすまない」

改めて自分で自分に言い訳していると、藤村が戻ってきていた。

両手にグラスとウィスキーのボトルを持ち、脇につまみの入った袋を抱えている。そして乱暴にテーブルの上にあったものを手で払って場所を作り、そこに持っていた物を並べた。

「藤村さん……」

「気にするな」

藤村はグラスにウィスキーを注いでから、芹が片づけてスペースの生まれたソファに腰を下ろした。

「君も座るといい」

隣をポンポンと示されて、芹は一瞬躊躇する。

「あの、ＤＶＤは」

「まずは酒を飲み直してからだろう」

「あの、俺はもう……」

さすがにこれ以上飲んだら、自分もどうなるかわからない。

しかし藤村は芹がわざと間を開けて座ったソファの間を詰めるように座り直し、芹の手にたっぷりのウィスキーの注がれたグラスを握らせてきた。

顔を近づけただけで、クラクラするほどアルコールの匂いが漂ってくる。

「軽く嘗めてみるといい」

藤村は芹の肩を抱き寄せ顔を近づけてきた。間近に迫ってなお、藤村の顔は端整だ。芹は小さく息を呑みつつ、促されるままグラスに口を近づけた。琥珀色の液体が唇に触れるだけで、ビリビリするようだ。

焼けるような感触が舌と喉を刺激する。

「うわ」

「そこにチョコレートを合わせると美味い」

藤村は腕を伸ばし、手にしたチョコレートの包みを歯を使って剝がすと、銜えたそれをそのまま芹の口に寄せてきた。

（ちょっと、何を……）

咄嗟に身を引こうとしても、背中がすぐにソファの背もたれに当たってしまう。藤村は微かに口角を上げながら己の顔をさらに近づけてくる。

体格の差はあるものの、芹も男だ。高校三年間、サッカーで鍛えていた。だから渾身の力で抵抗すれば、絶対に逃れられなくはないだろう。だが今の芹の中に、本気で抵抗する気持ちは生まれなかった。

唇に押し当てられるチョコレートの甘さのせいか、嘗めただけのウィスキーの香りに酔ったのか、それとも居酒屋で飲んだ酒のせいか。

二人の体温で溶けていくチョコレートが、唇から顎を辿っていく。

「口を開けないと、大変なことになるぞ」

藤村の、まるで呪文のような言葉に煽られ、芹は恐る恐る唇を開いていく。

それに気づいて藤村の押したチョコレートと彼の舌が、芹の口の中に入ってきた。

「ん……っ」

チョコレートを嘗めようとする芹の舌に、藤村の舌が絡みついてくる。

つけ根から先端まで探られ吸われ、芹の全身が小刻みに震える。

(なんだ、これ……)

最初に腰が反応して、内腿の間で欲望が高ぶった。それから全身が熱くなってきた。

「や……」

己の体の変化に、芹は顔を背けようとする。しかし藤村はしっかり芹の顎を捕らえ、さらに奥にまで舌を伸ばしてくる。

「ん…、ん……っ」

藤村の舌は自在に口腔(こうこう)内を弄(まさぐ)って、芹の弱い場所を見つけると、そこを重点的に舌先で刺激してくる。

「あ……ふぅ……んっ」

微かに抵抗を試みるものの、巧みな藤村の舌の動きにはまったく敵(かな)わず、気づけば搦(から)め捕(と)られ甘噛みされてしまう。

尖った歯先が突き刺さる感覚で力の抜けた芹の体を、藤村はそのままソファに押し倒してきた。

微かに高い肘置きに芹の後頭部を押しつけ、体の上に跨(また)った藤村の手が足の間に伸びてきた。

咄嗟に膝を立て閉じようとするが、するりと内腿を滑り落ちた藤村の手は、股間へ辿り着いてしまう。

(や、ば……っ)

キスだけで芹の欲望は高ぶってしまっていた。

情けない状態だが、自分の意志ではどうにもならない。何しろ自慰はしていても、こんな風に他人に触れられることは、生まれて初めてなのだ。

「キスだけで、もう硬いじゃないか」

心を見透かされたかのように藤村に指摘され、顔が一気に紅潮する。

「なんだ、そんなに顔を赤くして。まさか童貞じゃないだろうに」

藤村の言葉で、さらに芹の体温が上昇する。

それに気づいているだろう藤村は、耳元に口を寄せ耳殻に甘く歯を立て熱い息を吹き込んだ。

「あ……っ」

芹は大きく腰を弾ませた。このまま触られていると、絶対に爆発してしまう。芹は震える手で藤村の胸を押し返し顔を横へ向け、懸命に言葉を紡ぎ出した。

「……です」

「なんて言った？」

聞こえなかったのか、聞き返される。

「童貞だって言ったんです」

どうしてこんなことを他人に言わねばならないのか。逃げ出したい衝動に駆られながら、芹は必死に訴えた。

にもかかわらず、藤村の反応は鈍い。

仰向けになった芹の視線の先で、若干眉間に皺を寄せている程度だ。

「驚かないんですか？」

確認の意味で尋ねると、藤村は眉を上げる。

「冗談じゃないのか？」

憮然と言われて、急激に頭に血が上る。

「この状態で冗談なんて言えるわけないです」

恥を忍んで告白した自分がばかだった。

藤村の下から逃れるべく、芹は肘を突いて起き上がって体の向きを変えてソファから下りようとした。しかし腕を摑まれてすぐに元の場所に引き戻されてしまう。

「離してください。ＤＶＤ観ないなら、俺、帰りま、す……ん、ん」

芹の言葉を封じるべく、藤村は再び唇を深くまで重ねてくる。

先ほどは口腔内を味わうような、どこか揶揄を孕んだキスだった。しかし今回は違う。呼吸すらできないぐらい激しく貪り舌を強く吸い上げられる。

（やだ……頭、おかしくなるっ）

おかしくなるのは頭だけではない。

散々煽られていた体も既に沸騰寸前まで熱くなっている。

「本当に誰ともしたことないのか？」

息ができなくなるかと思うぎりぎりで唇を解放した藤村は、芹の両頬を手で包んだ。

羞恥で死にたくなりそうな状況だったが、もう何もかも今さらだった。

「……だから、言ってるじゃないですか」

「真由とも？　つき合ってたんじゃないのか」

「つき合ってなんていません」

芹はむっとした。

「平城先輩は藤村さんとつき合ってたんですよね？　それで俺とつき合うわけがないじゃないですか」

「じゃあ、他の女とは？　高校生のときとか」

「ないです。内山と同じ高校だから、男子校なんで」

憮然として答える。

他校の女子高生とつき合っていた友達もいたが、サッカーをしていた当時は、女性に気を回す余裕はなかった。

「嘘だろ、そのルックスで、よく今まで女たちは君を放っておいたな。モテるだろう？」

「モテません」

だから今まで童貞なのだ。

「とにかく離してください。帰ります」

「そんな話を聞いて、帰せるわけがないだろう」

藤村は抵抗しようとする芹の腕を頭の上でひとつにまとめ、空いている手を再び下半身に伸ばしてきた。

「やめ……っ」

「うちに来た以上、君だってこの状況は想像していただろう？」

顔を横に向けることで露になった耳に、藤村は再び唇を寄せてくる。伸びてきた熱く濡れた舌で嘗められると、ピチャリという唾液と舌のもたらす水音が鼓膜を揺らす。

瞬間、ピクリと体が震えてしまう。

「想像、なんて……」

「俺は正直悩んでいた」

「……っ」

藤村の発言に、また神経を逆撫でされる。

「男を食えなくはないが、食う趣味はないと言っただろう？　君に興味はあった。だが、君がどういうつもりかわからなかったし、誘った段階では、いざとなって自分がその気になれるかわかっていなかった」

「ものすごく失礼なこと言ってるってわかってますか？」

キスを仕掛けてきたのは藤村だ。そのキスで芹がその気になっても、勃起しなければそのままなかったことにするつもりだったということか。

「だが、これまでつき合ってきた女性にもすべて同じことをしている」

そして別れてきた相手と自分を同列に並べたというのか。

「人をばかにするのもいい加減に……」

「ばかにしたつもりはない。それに君にキスしたときにはもう、君を抱きたいと思っていた」

「それでも……」

「これならわかるか？」

頭の上にまとめられていた手を、藤村は今度は己の股間に導いた。

「……っ」

布越しに触らされた藤村は、驚くほど硬く大きくなっていた。

「キスに応じる表情も体も俺を誘っているように思えた。セックスに慣れているのかと思ったら、童貞だと言う」

藤村はさらに強く芹の手を己の欲望に押しつける。こうしている間にも、強くなる脈動が強烈にリアルな感覚として触れた指先から伝わってくる。

「最初は信じなかったじゃないですか」

「だってしょうがないだろう。君がこれまで誰ともつき合ったことがないなんて、本当に思わなかった。だが本当だとわかったら余計に、ここで君を帰すなんてできない」

藤村は先ほどと同じ言葉を繰り返す。

「だからなんで俺が童貞だったら、余計にその気になるんですか？　初物好きとか言わないですよね？」

わざと下卑(げび)た言葉を口にした芹の口を、藤村は大きな手で覆ってくる。

「そんな顔でそんなことを平気で言っていると、悪い大人に弄(もてあそ)ばれて無茶苦茶にされるぞ」

「悪い大人って、藤村さんみたいな人のことですか」

売り言葉に買い言葉で冗談で返したつもりでいた。藤村はそんな芹の高ぶった下肢を、痛いぐらいに布越しに強く握ってきた。

「あ……っ」

「そういうことを言うから……煽ってるとしか思えなくなる」

「ん……っ」

一瞬だけ、貪るように口づけながら、藤村は握った芹を指先で刺激してきた。

「ん……」

童貞の芹にとって、布越しだろうとこんな形で他人に性器を触れられることは初めての体験だ。それも同じ男で、テレビや雑誌で目にしていた相手。そのせいか、芹は今自分の身の上に起きている出来事が、強気に返しながらも現実のことに思えていなかった。

いや、現実だと思いたくないというのが正解かもしれない。

「や、だ……」

それでも、ジンジンと疼(うず)く下肢を握ってくる指の強さや熱さが、これは夢ではないと芹に伝えてくる。同時に、今自分に起ころうとしていることが、現実となって押し寄せてくる。

「嫌だと言ってももう無理だ。散々人のことを煽って誘った責任は取りなさい」

「責任って……」

煽ったつもりも誘ったつもりもない。

「だからそういう顔が、誘っていると言ってるんだ」

下肢を解放した手で額を覆う髪をかき上げられ、濡れた唇を指で辿られる。その指を口の中に差し入れられ、舌を摑まれる。嘗めろと言われているのだろうと舌を動かしていると、藤村が苦笑を漏らす。

「こんないやらしい舌の動きをさせておいて、初々しい反応を見せるなんて、あり得ないだろう」

「んっ」

濡れた指を引き抜き、芹の着ていたシャツを裾から捲り上げて胸元を露にしてきた。

「いずれにせよ、俺についてきた以上、こういう展開を全然想像しなかったわけじゃないだろう？」

「それは……」

店を出てタクシーに乗るまでの会話を思い出せば、否と言っても見え透いている。

（でも、でも……）

「正直だな。心配は不要だ。初めてでも気持ちよくなるよう、丁寧に抱いてやる」

「別に心配なんて……っ」

「強がりがどこまで続くかな」

首筋を這う舌のざらつきに、肌がざわめく。

「綺麗な筋肉がついているじゃないか」

まじまじと裸を他人に見られていると思うと、羞恥でさらに顔が赤くなっていくのがわかる。まるで芹の体を検分するように、藤村は腹から胸元へ掌を移動させる。

そして色の異なる場所に辿り着くと、指の間で突起を挟んだ。

「ここに触れるのも俺が初めてだと思うと、余計に興奮してくる」

（紳士かと見せかけて、とんでもないエロじじいじゃないか）

強がりで突っ込んでみても、心の中で叫ぶにとどまる。実際は直接肌に触れられていると、薄い皮膚を通り過ぎて細胞にまで藤村の掌の温もりが届くような気がした。

乳首を指の間で捏ねられると、これまで知らなかったもどかしさが体に生まれる。

「女じゃないんだから、そんなところ触らないで……」

「知らないのか？　乳首を刺激されて感じるのは女性だけじゃない」

その言葉を証明するように藤村は乳首を摘んできた。

「あっ」

「こうして引っ張ったり捏ねたり……ほら、自分で膨らんで硬くなってきているのがわかるだろう？」

芹の体の反応をわざわざ藤村は実況してくる。だが言われずとも、自分の体の反応は、芹が一番よくわかっている。

「いちいち、言わないでください」

「でも女性じゃないから、胸を触られても感じないと言ったのは君だろう？　だからしっかり教えてやろうと思ってね」

藤村は言いながら唇を胸に押しつけてくる。軽く舌先でぺろりと嘗めてから、全体に吸いついてくる。

「あ……っ」

咄嗟に甘い声を上げ頭を反らす。

藤村は口腔内でコロコロと乳首を舌で転がしながら、時折そこに歯を立ててくる。

「んんっ」

堪えられずに膝を立てようとするが、そこに跨った藤村の体が邪魔をする。そして発散しようのない欲望が、芹の股間へと集まっていく。

「どうやら君の体もわかってきたようだ」

胸を愛撫しながら藤村の手が芹の下肢に伸びる。既に高ぶっていた場所は、さらに硬度を増している。藤村は片方の手で器用にデニムのボタンを外し、ファスナーに指を掛けてきた。

「やめ……」

「こんなにしておいて、やめろはなしだろう?」

藤村は僅かな芹の抵抗はあっさり退けて、デニムの前を左右に大きく開き、下着だけになった場所に手を置いてきた。

形がわかるほどくっきり浮き上がった欲望は、藤村の掌の温もりにビクビク震え堪えられない蜜を溢れさせてしまう。

「ほら、もう濡れている」

湿った布を指摘されて、恥ずかしさに芹は唇をきゅっと噛み締める。

「どうだ。胸を弄られると気持ちがいいとわかっただろう?」

さらに追い打ちをかけるべく指摘された瞬間、内腿が痙攣(けいれん)したように震えた。

「そんなに唇を噛まずに、感じたなら素直に声を出せばいい」

藤村は濡れて膨らんだ乳首から口を外し、芹の顎を撫でてくる。胸と同じで濡れた唇の放つ淫靡(いんび)な光に、腰が疼いて仕方がない。今にも声を出しそうだったが、芹は懸命に堪えて首を左右に振った。

「どこまでその意地っ張りが続くかな」

藤村はもう一方の胸を刺激してくる。

「ん……っ」

ピチャピチャと音を立てているのはわざとだろう。舌先で潰れるほど強く嘗めながら、上目遣いにちらちらと視線を芹に向けてくる。そして込み上げる快感に表情を歪めているのを眺め、嬉しそうに口元に笑みを浮かべる。

（にやにや笑ってるし……）

これが経験の差なのか。

余裕の態度を取られるのも当然だが、悔しくて仕方がなかった。

慣れた愛撫の仕方、巧みな舌の使い方、実に自然に芹の着ている物を脱がす手管（てくだ）に、なんとも言えない感情が込み上げてくる。

『だが、これまでつき合ってきた女性にもすべて同じことをしている』

不意に藤村が先ほど口にした言葉が蘇ってきた瞬間、胸が苦しくなり続いて体が強張って、次に視界が霞（かす）んだ。

「どうし、た……」

芹の反応を怪訝に思ったのだろう藤村は、突然に腕を摑んできた。

「な、に……」

「どうして泣いてる？」

「泣いて？　え……？」

言われて初めて、芹は自分が泣いていることに気づく。

「これは……」

「痛くしていないだろう？　まさか、この期に及んで怖いとか言わない……」

芹は首を左右に振る。

「これまで藤村さんが抱いてきた人のことを想像してたら、なんか急に胸が苦しくなって……」

説明している段階でもきゅっと胸が締めつけられてくる。

「君は……本当に……」

藤村はそんな芹の頬を撫でたかと思うと、下肢に纏わりついていたデニムを下着ごと膝まで引きずり下ろして脱がせると、膝を左右に大きく開いた。

「藤村さんっ」

「童貞だと言うから、最後までするつもりはなかったんだが……悪いのは君だ」

「最後までって……何を……あ、あっ」

藤村は下着から解放されたことで天井に向かってそそり立っていた芹の欲望に手を添え、すっぽり口に含んでいく。そして強く吸い上げながら頭を上下させ、さらに口腔内で激しく舌を使う。

「あ、や、あ、あ！」

布越しの刺激ですら脳天を貫くほどの快感が生まれていた。それをこんな風にいくつもの段階をすっ飛ばして口で愛撫されてしまうと、体内で何が起きているのかわからなかった。

（舌が生き物みたいで……熱くて痛くて……）

勢いよく頭を上下させているせいで、たまに当たる歯が、敏感になっている欲望を強烈に刺激するらしい。何もかもが初めての芹にとって、快楽も痛みも同じように頭に伝わってくる。

「名前……は、なんと言う」

芹の欲望を解放し、横から舌を押しつけながら、藤村は今さらなことを聞いてくる。

「吉野……で」

「違う。下の名前だ」

この状況でどうしてそんなことを聞くのかと思いつつも「芹」と絶え絶えの息の下で答える。濡れていやらしく光る己の欲望を藤村が嘗めている。直接欲望に伝わる刺激以上に、目に見える光景が、芹の意識を溶かしていく。

「芹」

突然に名前を呼ばれた瞬間、全身が総毛立った。

（なんで、名前を呼ばれたぐらいでこんなに感じてるんだ）

そこに今度は聴覚からの刺激も加わったことで、芹は困惑する。

「芹、芹、可愛い……可愛い」

熱に浮かされたかのように藤村は芹の欲望を愛撫しながら繰り返す。アイスキャンディーのように嘗められた芹自身は、舌の熱でドロドロに溶けていく。先端から溢れた蜜を嘗め上げる藤村の指先の動きに見入っていると、新たな刺激が腰に生まれた。

双つの丘の狭間の窄まりを、芹の溢れさせた蜜で濡れた指先で刺激している。

「なんで……なんで、そんなとこ、触ってるんですか」

「……男同士がどうやってセックスをするか知らないのか？」

芹自身への愛撫をやめることなく、藤村は荒い息混じりに己の手の動きの理由を説明する。

（男同士のセックス）

今さらながら、はっきり言葉にされたことで、リアルに自分が何をしようとしているか理解する。

（そうだ、俺はセックスしてるんだ）

知識として、男同士のセックスの仕方は知っている。そして藤村も自分も男同士だ。でもどこか現実味を帯びていなかった。

「君の言うことすべてが、俺を誘っているようにしか思えない」

だが戯れに触り合っているわけではない。

芹は今、藤村に抱かれているのだ。

酒の勢いだけで体を開いているわけではない。酒の酔いのせいにもできない。

芹は自分の意志で今、藤村の愛撫を受け入れている。セックスのために。

「まだ実感がないなら、これでどうだ？」

芹の手に突然火傷しそうに熱いものが押しつけられる。体を起こした藤村は、自分の穿いていたパンツの前を開き、猛った己の欲望を導き出して芹の手に押しつけてきた。

「あ……」

「熱いだろう？」

咄嗟に離そうとした手を、藤村の両手で包まれてしまう。指先だけでなく掌にも、藤村の熱と脈が伝わってくる。

「これだけ熱くなっているのは君のせいだ。君の中に入りたくてこんなになっている」

芹の手ごと、藤村は己の性器を移動させる。

「俺の中……」

「ここに」

熱い先端が、指で弄られていた窄まりに押し当てられる。

（熱い……）

咄嗟に体が竦み膝を閉じかけるが、すぐに藤村に開かれた。

「逃げようとしても無理だ」

藤村は先端を押し当てたままぐるぐる腰を回してくる。そこは藤村の熱に溶かされるように、少しずつ口を開いていく。

「本当はもっとじっくり解してからのつもりでいたが、もう限界だ。俺も……それから、君も」

藤村はドロドロに欲望を溢れさせている芹自身を指で弾く。

「あ……っ」

瞬間、体の力が緩んだそのタイミングで、藤村の欲望が芹の中に入ってきた。

「ああぁっ」

下半身から体が引き裂かれるような衝撃が全身を貫いていく。

「体の力を抜くんだ」

「や、無理、あ、あ、あ……っ」

本来、受け入れる場所ではないところなのだ。痛くないわけがない。知識としてしか知らなかった行為だ。実際に挿入されてみて、逃げ出したくなっても当然だ。

「や、や、抜いて……や、だ……痛い、痛、い……」

まるで子どもみたいに手足をばたつかせ、必死に藤村に抵抗する。だがそれでやめてくれるなら、最初からこんなことになっていないだろう。

「ここで抜いたら、辛いのは君もだ」

藤村はがむしゃらに動かす芹の手の平手打ちから巧みに逃れながら、さらに腰を進めてくる。

内壁が捲り上げられる摩擦で起きる熱が、体の中でさらなる熱を生み出しているように思えた。

(痛い――より、熱い)

背筋を這い上がり脳天まで伝わる衝撃に、腰がガクガクした。藤村は芹の開いた膝を抱え上げ、挿入の角度を変えてきた。

「や……藤村さん……や、だ……中、熱い」

「……芹」

無理な体勢で、藤村も多少は辛いのかもしれない。目を開くと眉間に深い皺を刻んでいた。

「そんな風に言われても、煽られているとしか思えない」

しかし次の言葉でかっと頭に血が上る。藤村の言葉が嘘でないことは、体内に埋め込まれた楔(くさび)が硬度を増したことでもはっきりしている。

(バカだ、俺は)

「もっと熱くなって溶けてしまえばいい。そうしたら痛みも消える」

「ふざける、な……ん、ん」

芹の言葉を封じるべく、藤村は芹の足を抱え直し、強引に唇を重ねてきた。当然体の向きも変わり、内壁をずるずる引きずりながら欲望がさらに先に進んでくる。

(ばか、あほ、鬼畜(きちく)野郎……っ)

目を閉じると、視界が真っ赤になる。

絶対に口にはしない暴言を心の中で藤村に浴びせていると、不意に腰の奥でドクンと熱い脈が打った。

濃厚に舌を絡ませながら、芹がその疼きを認識するのと同時に、藤村も何かを感じたらしい。

「ここがいいのか?」

藤村は唇の触れるギリギリのところまで唇を離し、囁きで訴えてきた。

(いいって、何が)

何を言われているのかわからなかった。しかし藤村がぐっと腰を律動させるのと同時に、鈍い痛みのようなものがそこから全身に広がっていく。

「あ……」

頭で考えるよりも先に溢れた声は、自分でも驚くほど甘さを孕んでいた。

「ここだな」

芹の反応を確認し、藤村はそこを重点的に刺激してくる。

「や……あ、な、に……？」

狭い場所を出入りするたび、痛みが生まれるのは変わりないが、先端が当たる場所から、曖昧で擽ったいような感覚が生まれている。

「もう少し、腰、上げたほうがいいな」

芹の腰をさらに高く掲げ、上から欲望を穿ってくる。

「う、わ……」

無理な体勢に腹を圧迫されて息苦しさを覚えるものの、挿入の衝撃で萎えかけていた欲望の先端がフルフル震えてきていた。

「芹……そんなに締めつけるな」

藤村はそんな芹に手を添えてくる。

「や……」

「息を抜けば芹も気持ちよくなるから……」

「それ、や……ああっ」

親指の腹で先端の抉れた部分を弄られた瞬間、あっと思う間もなく欲望が迸っていく。咄嗟のことで避けることもできなかった藤村の頬を、芹のものが汚す。

藤村は眉ひとつ動かすことなく無造作に汚れを掌で拭い、それをねっとり嘗めながら横目で芹の表情を確認する。

その視線で、芹の脳裏にあの日の記憶が蘇る。

初めて会った日。

カフェで平城と言い合いしながら、怒った彼女を宥めるべくキスをした。その平城越しに、芹を睨んできたときの、あの威嚇する獣のような瞳だ。

胸の奥が締めつけられ、その衝動で藤村を銜え込んだ場所にも力が籠る。

「芹……っ」

呻いたと思った直後、藤村が体内に熱い欲望を迸らせたのと同時に、芹の意識が遠のいていった。

6

「腹減った……」

空腹を言葉にした瞬間、芹の視界が明瞭になる。

知らない天井に知らない部屋。一人で寝かされた大きなベッド。壁に掛けられた着物。

「あ……っ」

勢いでベッドに起き上がった刹那、浴衣姿で自分が寝ていたことに驚き、次に腰から全身に広がる鈍痛に声を失った。

(なんだ、この痛み……)

自分自身に問いかけた答えはすぐに見つかる。

「……そうだ」

ここは藤村の家だ。

内山の誘いで歌舞伎の稽古を見学したあと、藤村と居酒屋で食事した。そのあと時代劇のDVDを観せてもらうという口実でこの家に来て、そのままリビングでセックスになだれ込んだのだ。

色恋沙汰に慣れた藤村の言動に、芹は完璧に翻弄された。

『悪いのは君だ』

芹の鼓膜には藤村の囁きが残っている。

『君の言うことすべてが、俺を誘っているようにしか思えない』

抵抗しても怒っても泣いても、藤村には通じなかった。

初めての相手に、藤村は容赦なかった。むしろそれを楽しんでいたように思える。

濃厚なキス。優しい愛撫。

何もかもが、芹にとって初めての体験だった。

挿入された瞬間の痛み。体内を異物でかき回される違和感。それ以上に全身を覆い尽くした感覚
――おそらく、快感。そして初めて体内に他人の欲望を受け入れた。受け入れさせられた。

そこまでで記憶が途切れる。

おそらく射精したのち、芹は意識を失ったのだろう。

冷静になった状態で思い出すと、狂気の沙汰にしか思えない。

情事の痕はあるものの、体のべたつきはない。

（藤村さんが拭いてくれたのかな）

他にいないのだから、藤村以外にいないだろう。だがいざ実際、藤村が自分の体を拭いている姿を想像したら、ぽっと顔が熱くなった。

（初めてでは初めてでも、相手は男じゃないか！）

最初に突っ込むべき事実が後回しになっていたことに、芹自身呆れてしまう。どれだけ順応力があるのか。

（何を考えてるんだ、俺は）

決して、悪くはなかった。それが余計に恥ずかしい。

頬をぺちぺち叩くと、はだけた浴衣の前を直してから改めて今が何時か確認する。

（そういえば、何時だろう）

部屋の中を見回すと、ベッドの頭側の壁に掛け時計があった。

「一時半……っ？」

昨夜は家に連絡なしに藤村の家に泊まってしまった。きっとスマホには母親から鬼のように着信が入っているだろう。

荷物はリビングに置きっ放しのはずだ。ベッドから下りようと足を絨毯に下ろすと、再び声にならない声が零れ落ちてきた。

それをぐっと堪え両足を踏ん張る。

それからそっと扉を開ける。と、和楽器らしい音が聞こえてきた。

（三味線……？）

恐る恐る顔を覗かせると、昨夜最初に抱かれたソファで、膝を抱えて座ったデニムにシャツ姿の藤村が、テレビの画面を見つめる姿が視界に入った。

日本舞踊が流れているらしい。中年の男性が踊る様を、藤村は食い入るような視線で見つめている。

昨日見学した稽古のときと、舞台で演じていたときともまた違う表情に、芹は声を掛けるのを躊躇った。おそらく芹が自分を見ていることにも気づいていないだろう。他人を寄せつけないオーラのようなものが、藤村から発せられている。

藤村の邪魔をしないよう壁際に立って待っていると、一曲終えたところでやっと藤村が芹に気づく。

「いつからそこに？」

全身に張られていたオーラが消え、表情が変化するのが、見ていた芹にもわかった。

「……十分ぐらい前から」

「なんだ。それなら早く声を掛けてくれればいいものを」

抱えていた足を崩した藤村の笑顔からは、昨夜の姿は想像もできない。

「コーヒーを入れておくから、シャワーを浴びてくるといい。寝る前に体は拭いたけれど、汗を流したほうがいいだろう。それから、これ、歯ブラシ」

「は、い……」

言われるままに藤村に促されてリビングから出て廊下の右手にあるバスルームへ向かう。

「着替えは後で持ってくる。タオルはこれ。バスルームの中にあるものは、好きなように使ってくれて構わない」

「はい」

一人暮らししている大学の友達の部屋とは段違いに広く大きなバスルームに驚きながら、芹は浴衣の紐を解いた。

それから振り返った瞬間、洗面台の大きな鏡に映し出された己の姿に目を瞠(みは)る。

首筋から胸元にかけて、昨夜の情事の痕が鮮明に残されている。無意識に指先で辿っていると、昨夜の記憶がはっきり蘇(よみがえ)ってくる。

ソファで、先に芹が達して藤村も体内に射精した。

その後、意識のない芹の出血をしていた下肢の汚れは、藤村が拭ってくれたのだろう。

情事の痕は、下半身にも当然広がっている。

下腹から内腿にかけて特に色が濃い。指で辿っていくと、藤村の唇の感触まで蘇ってくるように思えた。

（……っ）

ビクッと下肢が震え、上がりそうになる声を堪えた瞬間、着替えを持って戻ってきた藤村の姿が洗面台の鏡に映り込んでくる。

「あ……」

鏡越しに、二人の視線が合った刹那、芹の全身に羞恥が走り抜ける。

逃げるようにバスルームへ向かおうとする腕を、藤村に捕らえられる。ぐっと引き寄せられ背中から抱き締めてきた藤村は、芹の耳朶に口を寄せてくる。

「君は俺を煽るのが相当上手いらしい」

熱い吐息交じりに言ったかと思うと、藤村は芹を抱き締めたままバスルームに押し込んできた。

「ちょ、藤村さん、何を……ん、ん……っ」

開きかけた唇を塞がれ、バスルームの壁に背中を押しつけられる。その上から、熱いシャワーが降り注いできた。

（濡れちゃう……）

芹は全裸だったが藤村は服を着たままだ。背中に回した手で服を引っ張るが、藤村はびくともしない。それどころかより激しく濃厚なキスを仕掛けてくる。

「ふ……ふ、ぅ、ん……」

逃れようとする舌を追いかけられ吸われ絡められる。昨夜何度も交わしたキスの感覚を呼び覚まされ、完全に鎮まっていなかった体の中の燠火が燻ってくるのがわかる。

藤村は膝を器用に動かし、芹の欲望を刺激してきていた。小刻みに揺らされれば、芹の下肢はあっという間に快感を訴えて変化する。

(なんで、こんな……)

リビングで会ったときには、昨夜のことが嘘のような表情を見せていた。バスルームに案内してくれたときもそうだ。

それなのに、一体何が藤村のスイッチを押したのか。

「君が悪い……」

キスの合間に藤村は昨夜と同じ台詞を繰り返す。

「俺が、何を……」

「君は俺を煽る天才だ」

(煽ってなんてない)

裸で鏡の前に立っていたのが悪いのか。でも風呂に入る前は、誰だって裸になる。そのタイミングで藤村がやってきただけだ。そんな自分の姿を見て勝手に欲情しているだけだ。

（それなのに俺のせいにされても困る）

混乱しながらも、昨夜とは反応が違っているのが自分でもわかった。

何もかもが初めてで、藤村に翻弄されてばかりだったが、一夜明けて変化している。藤村の愛撫の仕方を、体が覚えているのだ。だからといって、慣れたわけではない。それでも次に何をされるかわかっている分、驚きは少ないし、心や体の準備も可能だ。

藤村の愛撫は基本的に優しい。

大切に扱われていると実感できる。

執拗（しつよう）なほどのキスに全身を撫で回す手の動きから、労（いたわ）りや慈（いつく）しみが感じられる。

大切にされている。きっと藤村に抱かれた女性たちは、皆、同じような気持ちを覚えただろうと思うだけで、腹の奥にざわついた感覚を覚えてしまう。

それでも敏感になった芹の体は、藤村の愛撫で過剰に反応する。

不意に、昨夜との違いを自覚する。

アルコールの酔いのない状態で、こうして体に触れられることの恥ずかしさは、予想していた以上に強烈だった。

「や……藤村、さ、ん……」

さらに藤村の指が尻の間に回った瞬間、芹の全身に緊張が走り、意識がはっきりした。

「何が嫌なんだ？」

芹の前髪をかき上げながら藤村は確認してくる。

「無理です」

芹は消えそうな声で、でもはっきり思いを言葉にする。

「何が」

「……痛いんです」

消え入りそうな声で続けると、藤村は眉尻を下げた。

「だから……」

わかってくれたのかと思った。しかし藤村はすぐに引き下がるような男ではなかった。

「大丈夫だ。中を洗うだけだから」

「え、待……っあ」

芹の痛む場所に指を挿入し、中を探りながら、耳朶を噛み首筋に口づけ、昨夜開発された乳首への愛撫を始める。

「あ、あ……」

胸への刺激が、これほどまでに気持ちがいいということを、藤村によって教えられた。指で弄(いじ)られるだけですぐに感じて硬くなったそこを刺激されると、その快感は下肢へ直結してしまう。

藤村はあらゆる術で芹をその気にさせようとしてきた。

「や、だ……藤村さん……あ、あ……」

「中までは自分で洗えないだろう？　だから任せて」

「洗う、だけ、です……んっ」

甘い誘いに何度となく流されそうになる。実際藤村は長い指を中に差し入れ、いまだ敏感な内壁を探ってくる。その指と一緒に中に熱い湯が注がれるたび、全身がびくびく震えた。

巧みな指の動きに、昨夜の記憶が蘇ってくる。細胞のひとつひとつにまで染み渡った快感が、中を弄られることで目覚めてしまう。

あと一歩、強引に踏み進められたら、我慢の限界が訪れていたかもしれない。

挿入される痛みはある。だがそれ以上に、自分では触れることのない場所を擦られることで生まれる悦楽をもう一度味わいたい気持ちがあるのは否定できない。

だが藤村は芹の抵抗に諦めたらしい。

指を中から引き抜かれると、なんとも言えない感覚が生まれる。

「わかった。そんなに拒むなら挿れない。だがその代わり」

芹を後ろ向きにさせ壁に両手を突くようにすると、腰を後ろに突き出させられた。

藤村は濡れた服から導き出した己の猛った欲望を、芹の尻の間に押しつけてきた。

「何を……」

「君は何もしないでいい。ただ、しっかり立っていてくれれば」

藤村は髪が濡れて露になった芹の項から肩口を吸い上げてくる。

「んんっ」

敏感になった体の中でも特に感じやすい場所に歯を立てられて、芹の腰から力が抜けそうになる。

藤村は芹の膝の間に己の足を差し入れ、身動き取れないようにしてきた上で、欲望を尻に押しつけたまま己の腰を上下させてきた。

「あ……っ」

熱い熱棒が、柔らかく敏感な皮膚を擦っていく。擦られる場所には、藤村自身を受け入れていた花芯もある。

熟れて感じやすくなっているそこは、僅かな刺激にも反応する。

「芹……」

藤村は荒い息で名前を呼びながら、壁に突いた芹の手に自分の手を重ねて指の一本ずつを絡めてくる。

猛った藤村の欲望が動くたび、挿入されているわけではないのに、体の内側まで愛撫されているような錯覚に陥る。

湯の弾ける音、皮膚と皮膚が擦れ合う音が、浴室内に響き渡る。

「こうしているだけでものすごく感じる。君もそうだろう？」

藤村は重ねていた一方の手を、芹の欲望に回してくる。既に完全に勃ち上がったそこは、直接的な刺激で一気に熱を溜めた。

「や、だ……ダメです。もう、達、く………っ」

直接の愛撫がなく達するのにわずかに遅れて、藤村もまた芹の背中に射精する。

「あ……」

がくりと膝が折れてその場に崩れ落ちる芹の体を、藤村は背後から抱えてくれる。そして芹を抱き上げたままバスタブの縁に腰を下ろすと、白濁した蜜を溢れさせる先端に指を絡めてきた。

「藤村さん……」

たった今達したばかりで何をするつもりなのか。

「まだ足りない」

訴えようと顔を後ろに向けた芹に応じた藤村は、無理な体勢で口づけてくる。そして両方の手の指全部で芹の欲望を弄ぶように、こねくり回してくる。

「……やめて……ください」

藤村の膝の上に抱かれた格好だと、その手の中で自分がどう変化しているかがはっきりわかってしまう。射精したばかりでも戯れのような刺激に反応して、嫌らしく変化していく。そして腰には、芹と同じく射精した直後にもかかわらず、既に硬くなった藤村の物が存在を誇示している。

「芹。自分で触ってみてくれ。俺はこっちを可愛がってあげるから」

藤村は芹の手を導き、ドクドク脈を打つ欲望に触れさせる。そして自分は芹の乳首を弄ってきた。

「や……」

「しっかり扱かないと、このまま達けないで終わるよ」

優しい声色で紡がれる意地悪な囁きに、芹は唇を嚙み締めて己の欲望を刺激する。

指先から伝わってくる熱に逃げ出したい衝動に駆られながら、芹は懸命に自分自分を愛撫する。

「芹……芹」

耳元で呼ばれる自分の名前をＢＧＭに、芹は何度目かわからない頂上へと上り詰めた。

芹は用意された着替えを見て驚かされる。

デニムは芹が着ていた物だが、下着とTシャツは新品らしい。

戸惑いを覚えつつも、他に見当たらない以上、とりあえず着替えを済ませる。

それから首からタオルを掛けたままリビングに戻ると、扉を開けた瞬間に香しいコーヒーの香りが漂ってきた。

キッチンにいた藤村は、扉の開く音に顔を覗かせてくる。

「シャツ、サイズ、大丈夫そうだな」

そして手にコーヒーの入ったカップを持って、ダイニングテーブルまで移動してきた。

「ミルクと砂糖は？」

「両方入れてください……あの、俺の服は……」

「洗濯しているから、今度会ったときに返すのでいいかな」

藤村は芹の求めに合わせ、ミルクと砂糖をカップに入れた。

「そのままでよかったのに」

「そういうわけにはいかないだろう」

「え……あ、すみません……」

藤村の言葉の言外の意味を想像して、芹の顔が赤くなる。

「お借りした服はすぐに洗って返します」

「返さなくていい。気に入らなければ捨ててくれても構わない」

「捨てたりしません」

つい強い口調で返すと藤村は苦笑する。なんだか藤村の掌の上で転がされている気がしてしまう。

「とりあえず座って。コーヒーを飲んだら、どこかに飯を食いに行こう。もうこんな時間だ。腹が減ってるんじゃないか？」

否と答えようと思う前に、素直な腹の虫が反応してしまう。

「……はい」

空腹で目覚めたのを思い出す。

「素直でいい」

芹の正面でコーヒーを飲みながら藤村は穏やかな笑みを見せる。

こんな表情を見ていると、昨夜の出来事は芹の妄想だったのではないかと思いたくなる。もちろんそうでないことは芹の体が証明している。

「何が食べたい？」

先にコーヒーを飲み終えた藤村は席を立つと芹の背後に回ってくる。何事かと振り返ろうとする頭を前に向き直らされる。

「この辺りだと、選択肢はラーメン、蕎麦、イタリアン、フレンチ、ウナギだな」

芹が首にかけていたタオルを使って、まだ乾ききっていない髪をガシガシと拭いてくれる。

ラーメン、蕎麦はともかく、他はよくわからない。

「お勧めはどこですか？」

「俺の好みでいいならラーメンかな。魚介だしのつけ麺が有名で、ピークの時間には行列もできる。でも今ぐらいならちょうど並ばずに食べられるんじゃないか」

話を聞いていたら急激に腹が減ってくる。

「そのラーメン屋さんに行きたいです」

答えてから、笑いが込み上げてくる。

「どうした？」

「藤村さんのことだから、お洒落なカフェとかイタリアンの店をお勧めされるのかと思ってました」

「なんだそれ」

藤村は噴き出して笑って、タオルを芹の頭から取り、手櫛でざっくり髪型を整えてくれる。

「芸能人って、お洒落な店に行ってそうなイメージがあるから」

「それなら、昨日の店も驚いたんじゃないか？」

「少し」

芹は素直に肯定する。

「歌舞伎役者のイメージだったら鮨か蕎麦、天ぷらじゃないのか？」

藤村に真顔で言われて、「そういえば」と思う。だがいまだ藤村＝歌舞伎役者という認識は、芹の中に定着していなかったのかもしれない。

藤村お勧めのラーメン屋は、数名の列があったものの、十分程度待つと席に案内された。定番ラーメンは美味くて、あっという間に食べ終えると、駅まで送ってもらう。

（ああ、もう帰るのか）

漠然と思った芹の心を見透かすような言葉を藤村は口にする。

「本当はこのあとも芹を持ち帰りたいところだが、今夜は仕事が入っているんだ」

「持ち帰りって……」

過剰に反応して足を止めると、デニムのポケットに手を突っ込んだ藤村が振り返る。

「冗談に決まってるだろう」

笑いながら言われて芹も笑って返す。だが芹を見る藤村の目は真剣そのものだった。

昨夜からの濃厚な時間を思い出しながら、芹はゆっくり視線を落とす。そんな芹の肩を、藤村は優しく叩いてきた。

「またすぐ稽古場見学に来るんだろう？　そのときにはまた美味い物を食べに行こう」

笑顔で言われて、芹は「あの」と口を開く。

「なんだ？」

連絡先を聞こうとして、芹は言い淀む。平城の写真の件でスマホの番号を聞いていたのを思い出したのだ。とりあえず電話番号がわかれば、また次に会ったときにラインのＩＤを教えてもらえばいい。

「あ、いえ」

「なんだ。変な奴だな」

藤村は笑いながら、「また」と言って駅の改札を通る芹を見送ってくれる。少し先まで歩いて振り返ったときには、もう藤村の姿はなかった。

（そんなもんだよな）

内心思いつつも、階段を上りホームに辿り着いてから、複雑な想いが溢れてくる。

電車を乗り継ぎ自宅の最寄り駅に辿り着く。どこにも寄り道せず家に帰ると、母親に文句を言われる。

「外泊するならせめて電話一本入れなさいよ。何かあったのか心配になるから。芹。ちゃんと聞いてる？」

「ごめん」

一言謝るとそのまま自室に向かう。

部屋に入った瞬間、全身から力が抜け落ちていくような気がした。

持っていた鞄を足元に落とし、芹はスマホだけ手に握ってベッドにうつ伏せに倒れ込む。

「……疲れた」

眠いし疲れているしだるい。安心したせいか、倦怠感が全身に広がり、下半身の痛みも思い出す。

「何が痛くしない、だ。ふざけろ、エロ藤村。俺は初めてだったのに！」

勢いでぼやいていると、同時に濃厚な時間が蘇ってくる。

稽古場で目にした藤村の、息を呑むほど真剣な姿。歌舞伎の映像を食い入るように観ていた藤村

——そして、居酒屋で見せてきた、気さくで優しい言動。

何もかもがスマートで大人で、気づけば勧められるままに酒を飲み過ぎていた。酔った芹のことも優しく扱い、家に連れて帰る誘い方もスムーズだった。

セックスにおいてもそうだ。

正直なところ、どうして藤村が自分を抱こうと思ったのかよくわかっていない。だが誘われて芹が拒めなかった理由は、漠然とわかっている。

男相手のセックスを自分でも驚くほどあっさり受け入れている。

舞台での藤村の姿に惹きつけられ、平城にキスする姿に魅了され、実際の姿に触れたときにはもう、芹の頭は藤村のことでいっぱいになっていた。

最初は間違いなく、芸能人に憧(あこが)れるミーハーなファン心理だった。でも急速に距離が近づく中、芹にとって藤村は、芸能人ではなく一人の人間になっていた。

(俺も藤村さんも男なのに……)

中学高校と男子校で過ごしたものの、これまで男を好きになったことは一度もない。仲間たちと過ごすのは気楽だが、親しくなった相手に藤村に対して抱いたような感情を覚えたことはこれまでなかった。

藤村も「男を食う趣味はない」と言っていた。つまり本来、ゲイではないということだ。それならどうして自分を抱こうと思ったのか。

当初、藤村は実際に芹を抱けるかどうかわからなかったと言っていた。そんな藤村がその気になったのは、芹が童貞だと知ったときだ。瞬間的に、頭の中が沸騰しそうになる。

(訳わかんない、あの人)

芹は抱えた枕に額を押しつけた。

あのとき頭に来たのは、「その他大勢」の人と同列にされていたことだ。

自分が特別な人間だと思っていたわけではない。それでも内山の友達として稽古場見学に訪れた上で、藤村と二人で食事をしている以上、違う存在だと捉えられていると思い込んでいた。

しかし藤村にしてみれば、二人で食事することなど特別ではなく、男相手でなければセックスも特別な行為ではないのだろう。

芹は握っていたスマホを眺め、登録した番号を確認する。「ふ」の欄に、藤村の名前は登録されている。今夜は仕事だと言っていたが、まだ今の時間なら繋がるかもしれない。

(家に着いたっていう連絡ぐらいしてもうざくないよな？)

自分で自分に言い訳して、その番号に電話をする。心臓がバクバクした。藤村が出たら何を言おうか、やはり挨拶からか、それとも先日のお礼か。頭の中で考えているが、聞こえてきたのは、「この番号は使われていない」というメッセージだった。

「え……？」

何か余計な番号を押したのかと思って同じ番号に連絡する。でも結果は同じだった。

「どういうこと？」

この番号は、ホテルのラウンジで藤村と会ったとき、平城に教えてもらったものだ。ラウンジで着信したのも同じ番号だった。あのとき確かに藤村と表示された。
それなのに、今、藤村に繋がらない。これは一体どういう意味なのか。
芹はただ、困惑するしかなかった。

7

「久しぶり」

芹が学食でラーメンを啜(すす)っていると、前から声を掛けられる。顔を上げると、内山が立っていた。

(しまった。気づかなかった)

内心思いつつも、芹はずずっとラーメンを啜りながら挨拶を返す。

「……久しぶり」

「同じ学部なのに、タイミングが悪いと、なかなか会えないもんだね」

内山とは同じ大学の同じ学部に所属しているが、一学年の人数はそこそこいるため、顔を合わせないことも無理ではない。

藤村のことがあって自分から話しかけるまで、芹は内山の存在を意識したことがなかった。

内山自身、自分から積極的に声を掛けるタイプでもないため、芹が意識して探さなければ、会わないまま過ごすことが可能だった。

実際に芹は、稽古の見学を行ったあと、週明けの月曜日の朝一に礼を言ってから金曜日の今日まで、内山と言葉ひとつ交わすことはなかった。

月曜日も、何か言いたげな内山の言葉を遮って、逃げるようにその場を去っている。最低だと思いつつ、内山と顔を合わせたらどうしても藤村のことを思い出してしまうし、あのときの話になってしまうだろう。

だから芹は逃げたのだ。

内山もそんな芹に気づいていただろうが、表立って聞いてくるタイプでもないし、ラインでも理由を尋ねられはしなかった。

そして今に至る。

「元々語学の講義は、前半後半で分かれてるし」

五十音順の出席番号で分けられているため「内山」と「吉野」は別のクラスになる。

「そうなんだけど。隣いいかな」

内山は定食の丼を載せたトレーを持っていた。銀縁眼鏡は変わらないが、普段、ジャケットを着ているのに、今日はストライプのシャツにデニムという珍しくラフな格好だった。

「どうぞ」

ここで断る理由はない。

芹が応じると、内山は向かい側の椅子に座って隣の席に背負っていたリュックを置いた。

「忙しい？」

内山は箸を綺麗にふたつに割った。

「別に。忙しいのは内山だろう？」

「俺はそうでもない。今の時期、出演する公演自体少ないから」

「歌舞伎役者の人って、どの程度毎月仕事があるの？」

本拠地歌舞伎座では毎月公演が打たれているし、新橋の劇場、国立劇場などで、また地方でも公演があるようだ。

「人気役者さんだと、ほぼ休みなし」

「どのぐらい？」

「多分、芹も聞いたことがあるだろうけど、常磐彦三郎兄さんなんかだと、二年ぐらい休みがない」

「二年？」

想像を超えた期間に、芹は噎せそうになった。

「もちろん、そこまで忙しい人はごくわずかだ。俺は見てわかるだろうが、年に半分仕事すればいいほう」

「……他の人は？」

あえて名前を出さずに尋ねると「虎之介兄さん？」と内山が気を回してその名前を挙げてきた。

「とか」

「虎之介兄さんも歌舞伎の公演は俺とあまり変わらない」

予想外の返答に、芹は目を瞠る。

「テレビや映画の仕事があるから」

「ああ、そうだね」

「この間、虎之介兄さんから聞かなかった？」

「聞くって、何を？」

芹はつい過剰に反応してしまう。

「今度の公演の話とか……」

（そういう話か）

「なんとなくあんまりそういう感じじゃなくて」

芹はスープの中に残っている麵を箸で掬う。この間、結局何を話したんだろうかと考えるものの、思い出すのはセックスに直結することばかりだった。せいぜい、藤村がわりと庶民的な食事が好みだったことがわかったぐらいだ。

「そういえば、吉野、次の稽古も来る？」

「あ、うん……え、っと」

なんと答えるべきかわからず、つい曖昧な返答になってしまう。

「虎之介兄さんから、詳細伝えておくようにと俺のところに連絡が来たんだが」

向かい側に座った内山は綺麗な箸遣いで、予想よりも遙かに大きな口を開けて食事を運んでいく。

その食べっぷりに見惚れていると、内山はちらりと眉を上げる。

「何」

「豪快な食べ方だと思って」

「体力勝負だからね、歌舞伎は」

「公演はないんだろう？」

「稽古はあるから」

内山は当然だろうという反応を見せる。

「俺が見学したみたいな？」

「あれは公演に備えた稽古だから違うな。今俺の言った稽古は、子どもの頃から続けている、習い事みたいなものだ」

「へー。例えば何を習ってた？」

芹は身を乗り出して話を聞く。

「鳴り物に笛にお三味線。日本舞踊に長唄、義太夫、常磐津。立ち回りも少し通った」

芹の知らない言葉がいくつも並んでいる。

「全部今も通ってる？」

「一応。でも定期的に習っているのは、日舞、お三味線。他の物は必要があればお師匠さんのところに行くぐらい」

内山はすべてを食べ終え、両手を合わせた。

「すごいな、やっぱり。俺なんて子どもの頃、姉ちゃんと一緒にピアノと習字、水泳に通わされたけど、中学入る前に全部やめちゃった」

「将来それで食べていくわけじゃないんだから、問題ないだろう？」

突然現実を突きつけられて、芹は小さく息を呑む。内山にとっての「習い事」は、芹にとっての「習い事」とは話が違うのだ。

「それで見学の件だが、場所はこの間と同じ。時間は吉野が早く来たければ早く来ても構わないらしい。どうする？」

「この間と同じ時間で」

「了解」

内山はスマホを取り出して誰かに連絡を取る。と、すぐに返信が届いたらしい。

「虎之介兄さんが、待ってるって」

リアルタイムの藤村からの返答に、心臓が大きく弾む。

「どうして直接、連絡しない？」

内山は素朴な疑問を芹に向けてくる。

「――連絡先、知らないし」

藤村はともかく、芹は知らない。

「なんで？」

内山は驚きの声を上げる。

「なんでも何も、知らないから知らないんだけど」

無意識に、少し拗ねたような口調になってしまう。

「だって、この間二人で飲みに行っただろう？　あのときに連絡先の交換をしなかったのか？」

「しない」

「どうして？　なんで聞かないの？」

「芸能人の連絡先なんて、そうそう聞けないよ」

内山は平城を挟んだ色々を知らない。だからこそこんな風に聞けるのだ。それに芹の言い訳は嘘ではない。前回も自分から藤村の連絡先を聞いたわけではなかった。

「芸能人？　ああ、まあ、テレビに出てるからと言うなら、俺もそうだけど」

内山は憮然とした表情になる。

「――ああ、そうか」

「何、その言い方。確かに俺は虎之介兄さんに比べたら、テレビや映画にはあんまり出ていないけど」

「ごめん。そういうわけじゃない」

かなりの間を置いて芹が同意したのが、内山は気に食わなかったらしい。芹は慌てて説明をする。

「気に障ったならごめん。俺にとって内山って、確かに歌舞伎役者なんだけど、それ以前に高校のときの同級生で同じ大学の友達だから、芸能人っていう意識が全然なかった」

（友達って言っていいのかよくわかんないけど）

内山の表情を窺いつつの言葉だったが、どうやら満足してもらえたらしい。

「やっぱり吉野って、いい奴だな」

「そういう反応が来るとは思ってなかった」

芹は内山の言葉に驚きを覚える。

「調子の良い奴とはよく言われるけど」

「まあ、それは否定しない」

ノリでつけ足した言葉を内山にあっさり認められてしまう。

「ええー？」

「いい奴と言うのは本心だ」

内山は肩を揺らす。

「吉野、このあとの予定は？　俺は三コマ目は空きなんだが」

「俺も五コマ目まで空き。実は眠たくて、帰りたい気持ちと格闘中だった」

「それなら、場所を変えないか。コーラ奢るよ」

食堂が混雑してきたのもあって、二人でキャンパス内にある小さな公園へ移動した。

「この間、鶸たちが言ってたけど、稽古場に人を連れて行ったのは、吉野が初めてなんだ」

「うん、聞いたけど、なんで？　みんな、稽古観てみたいと思ってても、俺みたいに図々しくないから、言い出せなかっただけじゃないの？」

「言い出せないならそこまでの関係なんだろうと俺は思ってる」

内山は持論を口にする。

「相手に内山が言い出させなかったっていうのは？」

「それこそまさに、稽古なんて見せたくない相手だろう？」

もっともな話だ。

「だったら、なんで俺は許されたんだろう」

芹はこの間の話を聞いてから疑問に思っていた。

確かに芹は歌舞伎の稽古というものを、実際観てみたいと思った。だが元々は藤村というきっかけがあったからだ。ミーハーな好奇心だと言われれば否定できない。

「うーん、なんだろう」

芹の問いに内山は頭を悩ませる。

「具体的に挙げるなら、この間のときに話したことになると思う。要するに、高校のとき、他人を拒絶してた俺に、いくら歌舞伎に興味を持ったからって、好き好んで話しかけてくる物好きがいるとは思ってもみなかったから」

それは芹も思っている。

「確かに吉野も好奇心丸出しだったが、なんかこう、違ったんだ」

「だから、俺はそれが何だったのか不思議なんだ」

「そうだなあ……」

内山は眼鏡のブリッジを指で押し上げる。

「後付けになるかもしれないが、時代劇好きだったこと、かもしれない」

悩みながら紡がれる言葉に拍子抜けする。

「かもじゃなくて、それ、完璧に後付けだろう」

「そうなんだ。だが改めて考えると、それが大きな理由だったとしか思えない。俺はあのとき、こいつは大丈夫だと、漠然と確信したから」

（ますます訳がわからなくなってきた）

「大丈夫ってどういう意味？」

「信用しても裏切られない——という、大丈夫」

内山の言葉が、不思議なことにストンと落ちてきた。

その感覚は芹にも覚えがあった。

高校でサッカーをしていた頃、チームのメンバーは仲がよかったし信頼していた。だが、その中にも、絶対的な信頼を受けている人間がいた。芹も比較的そんなタイプだが、芹ですら「あいつなら大丈夫」と思う人間だった。

レギュラーメンバーの中で技術的には下のほうだった。だが、どうにもならなくなったとき、助けてくれるのはその男だった。

はっきりとした理由はわからない。点取り屋でもなかった。だがチームが追いつめられたとき、一人声を上げ「大丈夫」と言える強さを持っていた。

一緒にゲームを経験していたから感じたものではなく、彼に対しては最初から「大丈夫」という感覚を抱いていた。

同じ「大丈夫」ではないかもしれないが、似たものはあるかもしれない。

「その理由が、時代劇好き？」

「時代劇が好きだと言うそのものではなく、価値観が似てると思ったといえばわかるか？」

「申し訳ないけど、わからない」

なんだか連想ゲームのようになってきた。

芹が正直に答えると、内山は笑顔になる。

「そういう、知らないことは知らないとはっきり言えるところも、俺が吉野を信用している点だ」

「それって、普通のことじゃない？」

「知らないと言うの、勇気が必要な人もいる」

「聞くは一時の恥、知らぬは一生の恥って言うのに」

「やっぱり、吉野っていいな」

芹は大真面目だったのだが、内山のツボに嵌まったらしい。笑いを懸命に堪えているようだ。芹にしてみれば、今の話のどこが笑えるのかよくわからない。

「何がいいのか、俺にわかるように説明してくんない？」

「ごめん。多分、今の話にも通じると思うんだけど、吉野の時代劇好きは、お祖父さんの影響なんだろう？」

「そうだな」

有名どころは一通り観ていると思う。作品によっては細かい台詞まで記憶している。

「俺たちは小さい頃から祖父たちとの接点も多くて、そのぐらいの年齢の方と同じ舞台に立つ。それこそ場合によっては、夫婦や恋人役も演じる」

「マジ？」

「マジマジ。だから、俺たちの考え方は同学年の仲間と比較すると、どうしても堅苦しかったり古めかしかったりすることが多い」

「いいことだよな、それ」

子どもの頃に世話になった祖父母から教えてもらったことは、有益なことばかりだ。芹は二人にとても感謝している。

「だから、なんて言うのかな。時代劇好きだという嗜好ではなく、その過程で育まれただろう吉野の人となりを、俺はとても信用している——ということなんだろうと思う。自分でもよくわかっていないけれど」

内山の話は、ようやく着地点に辿り着いたようだ。

「もちろん、今の話は結果論に過ぎないが、要は俺は、吉野のことが好きなんだろうと思う」

ストレートな告白に、芹は一瞬固まった。

「え、と……」

話の流れからして、どう考えても恋愛の「好き」ではないだろうと思いつつ、万が一どさくさ紛れに本気で告白されていたらと思うと、下手な返事ができない。

「俺も、多分、いや、多分じゃなくて内山のこと、好きだ。けど、それは友達っていうか……友情であって………」

フォローしようと思えば思うほどわけがわからなくなってくる。内山はしばし芹の話を真顔で聞いていたが、突然に「ぶっ」と噴き出して、腹を抱えて笑い始めた。

「真剣な顔をして、何を言ってるのかと思ったら……吉野、何、勘違いして……んだよ……」

「勘違いって……」

「俺が今好きだって言ったことで、気を回してるんだろうけど……そんなに真剣に考えるな。俺は友達として、人間として、吉野のことを好きだと言っただけだ」

内山に笑いながらもはっきり断言されて、芹の中から緊張感が抜け落ちていく。

「だよな……わかってたけど、もし万が一本気で好きだと言われていたらどうしようかと思って焦った」

胸に手をやって大きく息を吐き出す。

「俺たちは、吉野みたいに、歌舞伎に興味を持っていなかった人に、もっともっと興味を持ってもらいたいと思っている」

不意に内山は真顔になった。

「これまでは、どれだけ俺たちみたいな若輩者が足掻いたところで、誰も理解してくれないだろうと思っていた。だがどういうきっかけであれ、歌舞伎に興味を持ってくれた。知ろうとしてくれたことがすごく嬉しかったし、希望が持てた」

「俺、まだ全然、歌舞伎のことなんてわかってないけど」

「誰だってそうだ。最初は何も知らない。ただ知りたいと思ってもらえるか否かが、大きく違う。それが俺たち伝統芸能に携わる人間にとっての課題だった。特別なごく一部の人だけが観劇するようなものだと、この先確実に廃れてしまうから」

内山は真摯な口調で続けて行く。

「だが吉野と話をしていて、希望の光が見えてきた気がしている。どうすれば、興味を持ってもらえるようになるか」

静かな口調でも、熱い想いの込められた言葉に、芹は心を揺さぶられる。

「本音を言えば、俺たちが何をどう足掻いたところで、若い層を歌舞伎に興味を持たせるのなんて無理だと思ってた。だが吉野と話してて、捨てたもんじゃないと思えた。まだ俺はやれることをやってないと。そんな状態で諦めたら駄目だ」

これまで芹は大した目標もなく日々を過ごしてきた。今通っている大学も、己の実力で入れるところとして選んだだけだ。サッカーも好きだったが、それで食べて行こうと思っていたわけではない。

「すごいな……内山」

ため息を漏らす。

「幼い頃から将来を見据え生きてきた内山と比べて、どれだけ自分がいい加減に生きていたかを痛感させられる」

正直な気持ちを言葉にする。

「そんなことない。俺なんて虎之介兄さんたちに比べたら全然だ。最近になってようやく本気で歌舞伎に取り組み始めたばかりだから」

「それにしても、まだ大学二年生、俺たち。やっぱり違うよ」

心の底から尊敬の念を伝える。

「吉野……芹は、本当にちゃんと育ったんだな」

「え」

(芹?　芹って言った?)

「虎之介兄さんも、さぞかし芹のことが気に入ったんだろうな」

内山の言葉の意味、それから突然「芹」と呼ばれた両方に驚きの声を上げる。

「内山、それって……」

「そういえば、今度の稽古、虎之介兄さんは公演が入って来ないことになった」

芹が理由を問う前に、内山は持っていた鞄の中からチケットを二枚取り出した。

「どういうこと？　そんなに急に決まるもんなの？」

「今回は特別。休演者が出て、代役でその日だけ演じるらしい」

「その日だけ？」

「これ、虎之介兄さんの出演する公演のチケット。稽古よりも、もし時間があれば観に行ってみるといい。まだ虎之介兄さんの歌舞伎の舞台は観たことがないだろう？」

藤村はもちろん、歌舞伎の舞台自体、一度も観たことがない。

『義経千本桜（よしつねせんぼんざくら）』

「今度の夏、俺たちが公演する作品なんだ。この間の稽古場で観てるし、俺たちが演じたときとの違いがわかると思う。比較的堅苦しくなくて面白い作品だから心配しないでいい」

そこで三コマ目の講義終了を知らせるチャイムが鳴った。

「俺は他の日に行く予定になっている。だからもしよければ誰かを誘って観に行ってくれるとありがたい。それじゃ、また」

講義を受けるべく内山がその場を去って、芹は一人残された。

『義経千本桜』か……」

チケットを手に、芹は講義まで時間を潰すべく図書館にいた。

「『源平合戦で活躍しながら、兄である頼朝に追われた義経が都から逃れる話を主軸にして、負けながら生きていた平家の武将やその身近な人々の物語を描いた作品』日本史だな……」

内山は、「比較的」堅苦しくない作品だと言っていた。かといって、芹の知り合いの中で、歌舞伎を観たいと言う人は誰かいるだろうか。

それこそ祖父が健在なら、喜んで一緒に行ったことだろう。だが既に鬼籍に入っている。両親は興味はまったくなく、姉はアイドルのコンサートに夢中だ。

高校時代からの友人に声をかければ、招待券だから、一緒に行ってくれる人はいるだろう。だが内山の真摯な気持ちを聞いた今、そんな誘い方でいいだろうかと思ってしまう。

今は歌舞伎に興味はなくても、面白いと思ってくれるかもしれない人。残念ながら今考えても思い当たる人はいなかった。

こういう状況になって、なんとなく内山の言わんとしていることがわかるような気がしてくる。

（どうしよう……）

チケットを眺めてぼんやりしていると、背後から肩を叩かれる。驚いて振り返った芹はそこにいた人にさらに驚かされる。

「平城……先輩」

「最近サークル来ないの、あたしのせいかな」

図書館前のベンチに移動してすぐ、平城は心配そうな表情になった。

相変わらずパッと見で「可愛い」と思える容姿をしている。だが芹の目には以前と違った印象を与えている。

何も知らなかった頃、芹にとって平城は「アイドル」だった。遠いところにいて、手の届かない存在。同じ人間だとわかっているつもりでも、実在していないように感じられていた。

でもそうでないことを知ってしまった今、かつてのようなキラキラ感を覚えなくなっていた。

（調子いいな、俺）

冷静に分析している自分にほんの少し落ち込んでくる。

「吉野くんには色々迷惑かけちゃったから」

「そういうわけじゃないです」

芹は慌てて顔の前で手を振った。

「俺、元々そんなに、サークル活動してなかったですよ」

「本当に？　気を遣ってとかじゃない？」

「全然そんなんじゃないです」

平城のことがきっかけでないとは言い切れないが、それより前からサークルにやる気はなかった。

いいタイミングだったのだろう。

「それなら良かったけど……吉野くんには改めて謝らなくちゃと思ってたんだ」

平城は芹の前に立つと、ぺこりと頭を下げてきた。

「嫌なことに巻き込んでしまってごめんなさい」

「え、な、なんでですか?」

「最初にチケット渡したとき、下心があったの」

「下心って……」

一瞬、ドキッとする。

「吉野くんみたいにイケメン連れて観劇したら、虎之介くんが嫉妬して、よりを戻してくれるんじゃないかって。吉野くん、あたしのこと、気に掛けてくれてるみたいだったの知ってて利用したから……」

「そう――なんですね」

本心を明かされても、今なら落ち込んだりはしなかった。芹に限らず、サークルに入会したとき平城に憧れている一年生は多かった。今もそうだ。そんな中、自分が選ばれていなければ、芹は内山と話すこともなかった。そして……。

「そうしたら虎之介くん、あたしよりも吉野くんに興味持ったみたいなんだよね……あのあと何かあった?」

「何かってなんですか?」

何気なく向けられる問いに、心臓が口から飛び出てきそうだった。

「吉野くんに用があるって虎之介くんと会ったでしょ？　あのあと、虎之介くんとつき合うことないって吉野くんが言ってたけど……それから虎之介くんと連絡取ってるんじゃないの？」

さらに心臓が痛いぐらいに弾む。掌には汗が滲(にじ)む。自分では無意識でも、平城にはわかる何かを発しているのだろうか。

「どうしてそう思うんですか？」

「そのチケット。今度虎之介くんが代役で出演することになった歌舞伎の舞台のものでしょう？」

平城に指摘されて、芹は内山からもらったチケットを握っていたことを思い出す。

「これ、は、藤村さんからもらったんじゃなくて」

「義経千本桜の『道行初音旅(みちゆきはつねのたび)』と『川連法眼館(かわつらほうげんやかた)』でしょう？　演目は夏の公演で虎之介くんが座長を務めるんだよね」

あっさりと平城は演目を口にする。

「知ってるんですか？」

「つき合ってた頃に、虎之介くんから聞いてたから。観においでって言われてたんだけど、さすがにもう行けないなあ」

体の後ろで手を組んで呟かれた言葉は、決して芹に対する嫌味には思えなかった。

「もしこの日、空いてるなら、一緒に行きませんか？」

「え？」

平城が驚くのと一緒に、芹も心の中で驚いていた。

（何、言ってんだ、俺！）

「でも、虎之介くんにもらった……」

「違います。俺の高校時代の友達に歌舞伎役者がいて、そいつにもらったんです」

芹は勢いで平城の言葉を遮って否定する。藤村とのことが、少しうしろめたかったのだ。

「俺の周りに歌舞伎のことわかる奴っていなくて、誰を誘おうか悩んでたところなんです。だから、もし平城先輩が嫌じゃなければ……藤村さんが座長の公演じゃないですが」

「もちろんそれはわかってるけど、でも、いいの？　他の人、誘うつもりじゃなかった？」

「いや、誰もいなくて、一人で行くのもなって思ってたんです。前に芝居に誘ってもらったのでそのお返しです。これで平城先輩、俺に対する貸し借りなしです」

二枚の内の一枚を渡すと、平城は嬉しそうに笑った。

「ありがとう。楽しみにしているね」

感謝の言葉を聞きながら、芹は自分の選択が正しかったのか否か悩んだ。

8

『義経千本桜』は全五段あるものの、近年頻繁に上演されているのは、四段目の『道行初音旅』と『河連法眼館』の段だと、芹の購入した筋書きに書かれていた。

　この段がよく上演されるのは、義経の愛妾である静御前の持つ初音の鼓を奪おうとする、忠臣である佐藤忠信に化けた狐忠信の存在が大きい。

　初音の鼓は千年生きた狐の皮を用いて作られているが、狐忠信はその狐の子どもだったという。

　佐藤忠信と狐忠信の二役を演じるのは、常磐彦三郎。芹ですら名前と顔の一致する数少ない歌舞伎役者だ。

　歌舞伎の顔とも言える存在で、その容姿は完璧そのもの、まさに隙の無い「色男」だ。

　かつては歌舞伎にしか出演していなかったようだが、ここ数年は藤村の人気にあやかったのか、時代劇から現代物まで、テレビや映画などの映像作品にも進出している。

　以前は堅物のイメージがあったが、ファッション誌やインタビュー記事に触れると、芹たちとあまり変わらない二十代の青年だと思ったことを覚えていた。

　静を演じている常磐紫川という女形も名前は知っている。とにかく絶世の「美女」なのだと、SNSでよく画像が回ってくる。他の配役名はない。だから勝手に、藤村はその次ぐらいの役なんだろうかと漠然と思っていた。

作品自体は、前半は舞踊が多く少し眠気に襲われつつも、話が動き出したら面白くなってきた。

特に常磐が狐忠信となってからは、その仕草の可愛らしさや、驚く場所から登場する様、さらには宙乗りなど、派手な演出には興奮した。

それでいて、母を思う姿には涙も誘われる。細かな演技が素晴らしいのだ。

さらに静御前も、ため息がでるほどに美しい。ひとつひとつの仕草や表情までもが、まるで浮世絵のように思えてくる。「観られる」ことに対する意識の高さが感じられる。

勇壮でいて繊細な演技はただただ見事で、難しくて堅苦しいという歌舞伎に対する偏見が消え失せて行く。

歌舞伎では「型」が重視されるのだと、この間見学した稽古で知った。その意味を実際の舞台で理解する。

藤村の舞台を初めて見たとき、彼に魅了された理由もわかった。見せ方が他の役者と比べて段違いに上手いのだ。

そして常磐彦三郎の見せ方は、際立っていた。

常に目が彼に引き寄せられる。「色男」は完全に封じながらもどこにいても光る存在で、圧倒的な存在感を放つ。

だが気配を完全に消すこともできる。その自在の演技力は、歌舞伎のことなどろくに知らない芹にも、完璧という言葉が相応(ふさわ)しいように思えた。

「やっぱり常磐彦三郎さんはすごかったね」

終演後、平城は興奮した様子で感想を口にする。

「圧倒されました」

芹は平城に同調する。

「彦三郎さんも紫川さんも、立ってるだけで絵になる役者さんなんですね。歌舞伎がこんなに面白いって初めて知りました」

席が良かったのもあるだろう。とにかく、衣擦れや焚き染められた香りまで漂う場所で、息遣いも感じられた。

まるで自分が舞台に立っているかのような臨場感まであった。

「お二人とも空気を作るのが上手いんだって虎之介くんが言ってたよ」

平城の説明で、劇場を出たところで芹は「あ」と短い声を上げる。

「そういえば、藤村さん。何の役してましたか？　役名なかったからわからなくて……」

最後のほうに出てきた横川覚範かと思ったが、どう見ても顔も声も違った。

「佐藤忠信が闘うシーンの、灰色の衣装をつけた敵方、わかる？」

「はい。色々アクロバットやってた……」

「あのうちの一人。花道から刀を投げた人」

「ああ」

その場面は覚えているが顔まではまったく思い出せない。

「あと、狼もやってたんじゃないかな」

「わかったんですか。藤村さんがいるの」

「ううん。ただそうだろうと思って」

芹は必死に記憶を遡(さかのぼ)らせながら、はたと気づく。

「平城先輩。どこへ向かってるんですか。駅、あっちですが……」

「楽屋に挨拶行かないの？」

「挨拶？　いや、俺は……」

考えたこともないが、平城はそれが当たり前だと思っているようだった。初めて見た舞台のときも、終演後にきっと平城は楽屋に行ったのだろう。

「吉野くん行かないならさすがにあたしも行けないな。じゃあ、出待ちしよう」

「出待ち？」

楽屋の挨拶も出待ちも、芹のこれまでの人生の中で聞いたことのない単語で行為だ。

「この劇場は出が早いはずだから、そんなに待たないで済むと思うし」

「いや、俺は……」

「あ、彦三郎さん」

平城の声に気づいて視線の先を見ると、停まっていた黒塗りの国産車が走り出していくところだった。多分あの車に乗ったのだろう。同時に周辺に集まっていた人垣が少なくなる。

そのあとも、おそらく歌舞伎役者だろう人たちが続けて楽屋口らしき場所から姿を見せる中、芹は小さく息を呑んだ。

一際背の高いその人が現れた瞬間、黄色い声が聞こえてきた。

再び出来上がった人垣の中心にいたのは藤村だった。ジャケット姿の彼は握手を求めてくるファンに丁寧に応じ笑顔を振りまいている。

(藤村さん)

顔を見た瞬間、芹の全身に震えが走り抜ける。あの日以来、顔を見るどころか声さえ聞けていない。電話がかからなかったことを思い出して、複雑な気持ちになる。

悔しいが、遠目に見ても格好いいと思う。一般的には常磐彦三郎のほうが人気が高いだろう。でも芹にはまるでインプリンティングのように、藤村が最高に思える。

よく通る声に、艶を孕む視線。何気ない素振りを見ているだけなのに、あの夜のことが蘇ってきてしまう。

気の遠くなるほどに甘く優しい声に愛撫。それなのに、突然豹変した姿。飢えた獣の如く求めてくる姿に、芹もまたつられた。

初めて知る人肌の温もりに熱さは、想像していた以上に甘く、常習性のあるものだった。あったはずの痛みの記憶は薄れ、それ以上にあの快楽を欲してしまっている。

「虎之介くん!」

突然平城が名前を呼ぶ。その瞬間、少し離れた場所に佇む芹のほうへ藤村は顔を向けてきた。

（こっち、見た）

瞬間、綻びかけた表情が、次の瞬間に強張っていくのがわかる。そして、視線を前に戻したかと思うと、ファンに挨拶したあとで、やってきたタクシーに乗り込んでしまう。

「行っちゃった」

芹の気持ちを平城が代弁してくれる。

「そうですね」

次に顔を合わせたら、どんな顔をしたらいいのか。会えない間に芹は色々シミュレーションした。

だが、悩んでも正しい答えが導けないまま今日を迎えてしまった。

とはいえ、今日はあくまで観劇だけのつもりだったから、それでも大丈夫なはずだったのだ。

芹は藤村のいた場所に目を向けたままでいた。

藤村は会釈すらしてくれなかった。状況を考えればやむを得ないのかもしれない。あの日以来やっと会えたのに、あまりにあっさりした再会に、少なからず芹はショックを受けていた。

（なんで、ショックなんだろう、俺）

「ご飯食べようって」

平城が芹の腕を引っ張ってくる。

「誰がですか？」

できればこのまま帰りたいところだった。

「虎之介くん」

「え？　どうして？」

たった今、タクシーに乗って行ってしまったのではなかったのか？

「ラインが入ったの。半蔵門駅の近くに美味しいイタリアン系のお店があるんだって。そこの席予約するから、吉野くんと一緒においでって！」

「板の上から二人を観て本当に驚いた。まさか観に来てくれるとは思わなかったから。それも二人で一緒に」

(怒ってる)

店で藤村に会ったその瞬間、感じ取ってしまった。

「真由、もう一度虎之介くんに会って、直接謝りたかったの。その話をしたら、吉野くんが誘ってくれて」

(なんだそれ)

さすがは平城というべきかもしれない。平然と嘘を吐けるその度胸と厚顔さに感心する。とはいえ、この場で否定するわけにもいかない。

「ね、吉野くん」

「まあ……」

だからぐっと堪え、同意を求められても曖昧な笑みで応じる。

「吉野くんは真由のよき理解者なのか？」

「そういうわけじゃないよ。ただのサークルの後輩。だよね、吉野くん」

露骨なフリーアピールは、よりを戻したいという気持ちの表れなんだろう。

藤村と別れて少しして、平城は大学の同級生とつき合い出したと聞いている。にもかかわらず、藤村への未練はまだあったということなんだろう。

そんな下心に気づかなかった自分がバカなのだろう。芹自身は平城に対してまったく未練はない。だからここでも自分が利用されていたことに、笑いしか生まれない。

(俺、とことんバカだな)

そして藤村に媚びを売る平城よりも、平城に対して優しく接する藤村の姿に、なんとも言えない居心地の悪さを覚えている。

「虎之介くんって、今、誰かとつき合ってるの？」

繕った笑顔が顔に張りつき始めたタイミングでの平城の問いに、芹はびくりと体を震わせる。芹の反応に気づいているのか、藤村はちらりと芹に視線をやってから「いや」と否定する。

「今の時期、歌舞伎の公演準備で忙しくてそれどころじゃない」

さりげなく藤村が逸らす話に安堵する。

(なんで安心してるんだよ)

芹が心の中で自分で自分に突っ込みを入れる横で、平城はまったく諦めることなく攻めていく。それでも藤村は穏やかな笑顔を崩すことなく適当に流していた。

が、次の平城の質問で、空気が一変した。

「前から思ってたんだけどね、虎之介くん、もっとこの間みたいなお芝居に一杯出たらいいのに」

「どういう意味だ？」

肩を竦め、小首を傾げた平城は、明らかに藤村の表情が強張ったことに気づいていない。

「歌舞伎ってよくわからないし、大きな役がつかないでしょう？　せっかく虎之介くん、格好いいのに、顔を隠してたら勿体ないって、吉野くんとも話してたの」

「ちょ、平城先輩……」

さすがにそれには同意できなかった。芹が慌てて否定しようとしたが、それよりも前に藤村が反応する。

「二人でそんな感想を話してたのか」

低く抑揚のない声には、明確な棘が感じられた。

「違いま……」

「そう。絶対に勿体ないって。吉野くんなんて、今日の舞台で虎之介くんがどこに出ているか、見つけられなかったぐらいなんだよ」

「……まあ、そうだろうな」

藤村は苦笑しながら芹を見る。その瞬間、芹は視線が合わないよう俯くしかなかった。

平城の前の発言には異議を唱えるが、今の発言は事実だった。

そこからは二人が何を話していたか覚えていない。平城はもちろん、藤村もまた芹はいないものとして話すことにしたのだろうと思えるほど、まったく会話に参加することはなかった。

食事は進まず、二人に合わせて頼まざるを得なかったワインも、ほとんど口にしていない。平城は後輩の年齢など知らない。それでも急激に体調が変化していく。

「すみません。ちょっと……」

トレイに立つと声を掛けても、平城は芹を振り返りもしなかった。もしかしたら気づいていないかもしれないが、それでも問題ないだろう。

しかし、立ち上がった瞬間、足元がふらついた。咄嗟に手をテーブルに置いて誤魔化して、改めて腹に力を入れた。

（視界がぐるぐるしてる）

フロアを歩きながらも、頭がぐるぐる回っていた。真っ直ぐ歩けているかも怪しい状態で、とりあえずなんとか店の奥にあるトイレの前に辿り着くが、そこで気力が萎えてしまう。

「やばいなあ……」

吐き気がないものの、目の前に銀色の光が点滅していて、全身から汗が噴き出し、ブラックアウトする寸前だった。

足元がふらついて、そのまま倒れると思ったとき——伸びてきた腕に腰を支えられ、倒れるのを免れる。

「すみません……ありがとうございます……」

体を半分に折った状態で顔だけ上げようとした芹は、視線の先にいる男の顔を見て息を呑む。

「吐きそうか？」

「藤村さん……」

平城と一緒に話していたんじゃないのか。驚くものの、それを問うだけの余力はない。

「顔、真っ青じゃないか」

ひやりとしたものが頬に押し当てられる。

「おしぼりをもらってきた。水もいるか？」

藤村は芹の体を抱え直し、近くにあった椅子に座らせてくれる。

「ろくに食事してないだろう？　空きっ腹で飲んだら酒が回って当然だ。自分の酒量はわかっているだろう。下手をしたら急性アルコール中毒で倒れることになるぞ」

食事していないのは知っていても、ほとんど飲んでないことは気づいてないらしい。

藤村は体に力が入らない芹のシャツのボタンを外し、冷えたおしぼりで顔や胸元の汗を拭ってくれる。額を覆う前髪をかき上げていく指先や掌から伝わる温もりに、曖昧な意識の中で不思議な懐かしさを覚える。こんな風に優しくされていると、自分が特別な存在に思えてしまう。でも、違うのだ。藤村は誰にでも優しい。

芹は力の入らない手で、頭に触れている藤村の手を払った。

「俺は大丈夫だから、先輩のところに戻ってください」

一声発するのも辛い状態で、なんとか訴える。

「そんな顔色で何を言ってる。真由なら平気だから……」

「本当に大丈夫だから」

無理やり立ち上がろうとしたら、がくりと膝が崩れ落ちる。その体を藤村が抱えてくれる。

「藤村さ……」

「君は一体なんなんだ。自分がこんな状態で真由のことばかり言って……」

芹の背中を強く抱き締めた状態で、藤村は突然にそんなことを言う。

「別に俺は……」

「どうして真由を連れてきた？」

さらに追及される。

「どうしてって」

この状態で質問されても、考えるだけの思考力が芹にはない。

「この間の話を聞いていたら、どんな事情があろうと真由を連れてこない。だが君にとって、俺のした話など、大した意味はなかったということだな」

「それは……違う」

「言い訳は結構だ」

藤村は芹の弁解を聞く耳を持っていなかった。

「そんな君は歌舞伎を観てどんな感想を持った？」

（この状態の俺に聞くか、そんなこと）

芹は恨みがましい目を藤村に向ける。

「常磐彦三郎さんに、目を奪われました」

舞台中央で主役を主役として演じ、しっかり存在感を示すというのは、決して容易なことではないのだろう。

そして歌舞伎役者の中に入り込むと、他の舞台で追いかけずにいられなかった藤村の存在が完全に消えていた。役柄的に、わざと存在感を消していたのかもしれない。もしくは歌舞伎役者の中に入ってしまうと、藤村は特段目立つ存在ではないのかもしれない。

今日初めて歌舞伎の舞台を観た芹には、いずれかは判断ができない。

「初めての歌舞伎だったし、よくわからないことも多かったです。でも……」

歌舞伎が予想以上に面白かったこと。細かいことがわからなくても、壮大で華麗な舞台に魅せられたことを伝えるつもりでいた。

しかし、それを言葉にすることは叶わなかった。芹の唇は、突然覆い被さってきた藤村の唇に覆われていた。

「……っ！」

（な、んで……っ）

激しく舌を吸われ絡められる濃厚な口づけに、芹の頭の芯が疼く。

腕の中から逃れようと強く胸を叩いても、藤村はびくともしない。

これまでに交わしたキスの中で、最も激しく乱暴だった。

無理な体勢に芹の膝ががくっと折れた途端、藤村は何かに気づいたように唇を解放した。芹は壁に背を預け、必死に両足を踏ん張る。

「何をするんですか……っ」

「君がキスをしてほしそうな顔をしていた」

「な」

「君は自分に優しくしてくれてちやほやしてくれる相手だったら、誰でもいいんだろう？　俺みたいにろくに知らない相手にも平気で足を開いたぐらいだから……」

信じられない言葉に、芹は藤村の頬を思い切り叩いていた。バシッと鈍い音で、ぼんやりしていた芹の頭がクリアになる。

目の前の男の頬を叩いた掌がジンジンと痛んでいた。顔も売り物のひとつである芸能人の頬を叩いたという事実に、しまったと後悔しながら、それ以上に強烈な怒りの感情が頭に満ちていた。

「最低です」

芹は藤村に向かって言い捨てると、腹に力を入れて前に足を踏み出した。そして藤村の横を通り抜けてフロアに戻る。

「あ、吉野くん。虎之介くんも今、お手洗いに行っていて……」

「すみません。俺、帰ります」

「え」

「これ、俺の分のお金です。足りない分は藤村さんが出してくれるそうです」

芹は財布から五千円札を取り出すとテーブルに置いた。

「ちょ、っと、吉野くん？」

何が起きたのかわからない平城を置いて、芹は店を出た。

梅雨特有の、肌に纏わりつくような風が吹いてくる。

不快な気持ちがさらに増した。

（ムカつく、ムカつく、ムカつく」

芹は大股で歩きながら、次から次に込み上げてくる怒りに全身が震えてくる。

（人のこと、なんだと思ってるんだ）

同時に、胸が締めつけられる感覚も覚えている。

藤村が怒っていた理由はわかる。平城を連れて行ったのは、確かに自分が軽率だったかもしれない。

平城の下心を見透かせなかった自分がばかだった。でも平城がいまだ藤村とよりを戻そうと思っていると予想はできなかった。

歌舞伎を知らない人より、楽しめる人を連れて行くべきだと思ったのだ。一人で行くよりも、わかっている人を連れて行くべきだと思った――そこまで考えて芹は足を止める。

なんだかんだ言っても、すべては言い訳だ。

芹は怒っていたのだ。自分に嘘の連絡先を教えていた藤村に対して。自分を抱いておきながら、全く連絡をしてこない藤村に。

そんな藤村に対して怒りながら、完全に怒れていない自分自身に。

「最悪だ」

芹はその場に蹲る。こんな状態になって初めて芹は自分の気持ちがわかってしまう。

ずっとずっと考えずにいたこと。

男である藤村に抱かれながら、「どうして」なのかずっと考えないようにしていた。どうして抱かれたのか。どうしてそれについて考えないようにしていたのか。連絡がつかなくて悲しかったのか。今、こうして傷ついているのか。

それは全部、藤村のことが好きだからだ。

最初の舞台を観たとき、魅了された。でもあのときは、アイドルを好きになるファン心理だったと思う。

その後、内山という歌舞伎関係者がいたため、急速に距離が近づいたことで、藤村の人となりが見えてきた。

遠い雲の上に住む虚像が、地に足が着いた人となってしまった。芹はその訳のわからない状況の中で、気づけば藤村という人間に魅せられてしまっていたのだ。

もちろん芹の知っている藤村など、彼という人間のごく一部に過ぎないだろう。でもその一部だって藤村という人間を形成しているのだ。

藤村もまた、芹のことを一人の人間として、見てくれているのだろうと思っていた。

でも――。

『君は自分に優しくしてくれてちやほやしてくれる相手だったら、誰でもいいんだろう？　俺みたいにろくに知らない相手にも平気で足を開いたぐらいだから……』

いつの間にか降り出した雨が、足元のアスファルトだけでなく、芹の頬も濡らしていた。

七月の中旬過ぎぐらいから試験期間に入った。

結局芹は、藤村の舞台を観に行ったので二度目の稽古見学には行けなかった。それ以降内山があまり大学に来ていないため、顔を合わせていない。

藤村が座長を務める公演は八月頭から上演される。その稽古に忙しいのだろうと漠然と思っていた。だが、試験にも来なかった段階で、さすがに心配になった。

ちなみに藤村の座長公演はマスコミにも注目されているらしく、テレビのワイドショーなどでも取り上げられている。少しだけ放映される稽古場映像の中には、内山だけでなく見学の際に見た鶸の姿もあった。

初めて座長を務める藤村の気合いは半端ではないという。

一対一で食事をした人をテレビで見るというのは、なんとも不思議な感覚だった。

(芸能人……なんだな……)

『二十年あまり歌舞伎の世界で生きてきて、巡ってきた機会です。二度とないかもしれません。これまでご好評をいただいている若手歌舞伎が、俺の座長のときから駄目になったと言われないよう、全身全霊を込めて勤めます』

決意を語る藤村の表情は、初めて目にするものだった。

素の顔とは違う。初めての舞台のときとも、稽古場で見た顔とも、そして先日観た歌舞伎のときとも異なっている。

必死さが感じられる。

藤村ほど活躍しているなら、この先も座長公演など何度もあるだろうに、何をそこまで緊張するのだろうか。芹にはよくわからなかった。

芹はスマホを手に取って、内山にラインでメッセージを送る。

『久しぶり。今テレビ観てたら、内山が映ってて変な感じだった』

送信するとすぐに既読がついた。そしてすぐに電話が鳴った。

「内山！　元気か？　試験、受けなかっただろう？　体調崩してるのかと心配してたんだけど……」

『心配してくれてありがとう。今、忙しいか？』

「いや、暇だったんでテレビ観てた」

『じゃあ、ちょっと出て来られないか。話したいことがある』

「電話じゃダメなのか？」

芹が返すと、一瞬の間ののちに内山は言った。

『大学、やめるから』

「え？」

青天(せいてん)の霹靂(へきれき)という言葉の意味を、芹は初めて理解した。

「突然にごめん」

大学前のコーヒーショップは、いまだ大学は試験期間中のためか驚くほど閑散としていた。先に着いていた内山は芹に気づくと読んでいた本をテーブルに置く。

向けられた内山の顔に芹は違和感を覚えた。いつも掛けていた眼鏡がないとか、髪を短く切ったとか、そういう外見だけのせいではない。何かがこれまでと違っている。

「試験前で勉強してたんじゃないか？」

「いや、俺はもう終わったからいいんだけど」

デニムにTシャツ、スポーツサンダルで、自転車を飛ばしてきた芹は、汗を拭きながら内山の前に座りかける。が、とりあえず何か頼んで来いと言われて、オレンジジュースを手に戻った。

「それで、どういうことだよ。大学退めるって」

「驚かせてごめん」

謝りの言葉を述べつつも、その顔はまったく悪びれていない。それどころか、何かを振っきったのかとてもさっぱりして明るく見える。

「大学に入学直後から、ずっと考えていたんだ」

「でも今まで退めなかったんだろう？　あと二年……いや、あと一年通えば、単位取れてれば四年なんてゼミだけ出れば済むんだし、ここで退めなくても」

「ありがとう。でも、もう決めたんだ」

内山に芹の説得を聞き入れる余地はないらしい。

「内山……」

「そんな顔をしないでくれ」

内山は肩を竦める。

「俺は芹に感謝している。近いうちに退学するだろうことは考えていたが、今このタイミングで決意できたのは、芹との関係が大きい」

「意味がわかんない」

芹は反論する。

「俺と会ったことに感謝するって言うなら、大学退めないだろう」

「吉野との友情は、大学を退めても、ずっと続くと思っているんだが、芹は違うのか」

内山はストレートに「友情」と言葉にする。以前までの内山なら、こんなことを面と向かって言ったりしなかっただろう。でも今の内山は違う。だから芹も自分の思いをはっきり伝える。

「それは俺もそうだ。でも」

「元々俺は芹とは違う。大学は俺にとって『逃げ』でしかなかった」

「逃げ？」

「歌舞伎を将来やめたときの保険と言えばわかりやすいか？」

「やめるって」

大学を退めるとは意味が違う。

「俺はね、子どもの頃から、歌舞伎が好きじゃなかった」

内山は笑いながらあっさり爆弾発言をする。

「いや、物心つく頃から、と言うべきだな。稽古稽古で遊べなくて、公演があれば学校行事にも参加できない。友達らしい友達もできないし、クラスでも浮きまくる。稽古に行けば師匠や親に怒られてばかり。親父は親父でなく歌舞伎の師匠だ。やめたいと言っても本気に取ってもらえない。同い年の鶸やその弟の若葉は根っからの歌舞伎好きで、俺の気持ちなんてまったく理解できない。もうとにかく、歌舞伎も歌舞伎を取り巻く環境も、嫌で嫌で仕方がなかった」

芹がもし内山の立場だったらと想像してみるが、その段階でうんざりだった。

「高校を編入したのも、将来歌舞伎をやめるための布石だった。進学校に行けば大学進学して、将来は歌舞伎以外の道に進めるかもしれないという。散々両親、特に親父とは揉めたが、最終的には俺の人生だからと言われて、不承不承ながら承諾してくれた。いずれにせよ、高校時代はあまり舞台に出る機会もないから、その間に自分のことを考えればいいと思っていたんだろう。とにかく、成人するまでの猶予を与えてもらった」

「俺に会ったから、今のタイミングで決意したっていうのは、どういう意味なんだ」

「本腰入れて歌舞伎とつき合って行く覚悟ができたということ」

「やっぱり意味わかんない」

「ホント、芹って正直でいいな」

内山は肩を揺らして笑う。

「俺にとって歌舞伎は、これまでは手段のひとつに過ぎなかった」

「なんの手段？」

「欲しいものを手に入れるための手段」

説明を加えられるものの、それでも意味がわからなかった。

「詳細は言えないが、とにかく歌舞伎を続けていなければ、手に入らないものがある。そのために仕方なく歌舞伎をしていた。でも、それだけじゃ駄目だった。歌舞伎を続ける以上、中途半端ではいられない。本気で手に入れたいなら、歌舞伎に本気にならなければ始まらないということが、ようやくわかった。そしてその覚悟ができた。本気で歌舞伎とつき合っていこう、どうやってつき合っていけばいいか、俺なりのスタンスができた」

内山が何を言いたいのか、半分以上芹にはわからない。でも内山の言葉にはまったく揺らぎがなかった。真っ直ぐ前を見据え、強い言葉で歌舞伎を、そして自分自身を語る。

「歌舞伎に縁のない芹が、ちょっとしたきっかけで歌舞伎に興味を持ってくれた。ろくに話したこともない俺に声を掛けてくれた。稽古を観てくれた。歌舞伎を知らなかった芹がどう感じたか、どう思ったか。どっぷり歌舞伎の世界に浸かっている俺にはわからないことを、芹が教えてくれた。新鮮だった。そして自分が、歌舞伎のことを、なんだかんだ言いつつも好きなんだということが改めてわかった」

内山は両手を膝の上に置いて頭を下げてきた。

「芹には感謝している。ありがとう」

「礼を言われるようなことを俺は何もしていない」

「芹はそう思っていても、俺は芹に心から感謝している。そしてこれからも芹とは友達としてつき合っていきたいと思っている」

今生（こんじょう）の別れでもないのに、突然にとてつもない感情が胸に溢れてくる。芹は泣き出したい気持ちをぐっと堪えた。

サッカーに明け暮れた高校を卒業して以降、こんな風に誰かと濃い関係を築いたのは初めてだ。

「俺のほうこそ、亨（とおる）に感謝してる」

芹は必死に言葉を紡ぐ。内山ではなく「亨」と呼ぶことで、芹の精一杯の想いを表したかった。ただ大学に通い日々を過ごしていただけだった。将来について真剣に考えたこともなかった。そんな芹に、内山は新しい世界を教えてくれただけでなく、懸命に生きることを教えてくれた。

「そう言ってもらえると、お世辞でも嬉しい」

「お世辞なんかじゃないし」

「ありがとう」

不思議な空気が二人の間に流れる。

「そういえば、虎之介兄さんから連絡あった？」

藤村の名前に芹はびくっと体を震わせる。

「ない、けど……なんで？」

それでも何もなかったように返す。

「この間の公演のチケット、俺が二枚渡したんだって話をしたら、ちょっと困った顔してた。だから、何かあったのかと思って」

「特に……」

否定しかけながら、芹はふっと今朝見ていたワイドショーの話を思い出す。

「そういえば、今日テレビで観た会見で、座長するような機会は二度とないかもしれないと言ってたんだけど、なんで？」

「虎之介兄さんから聞いてない？」

「何も。藤村さんぐらいに売れてる役者だったら、この先何度も座長できるんじゃないの？」

「……可能性はないとは言えないが」

内山は言い淀む。

「言いにくい話？」

「いや。調べればすぐにわかる話だし、言いにくいわけじゃないけど……本人と知り合いだから、直接虎之介兄さんに聞いたほうがいいと思う」

（それができないから聞いてるのに！）

内心ぼやきつつ、芹は仕方なしに「わかった」と応じる。

「俺の言えることはひとつ。歌舞伎は家柄が大きく影響するってこと」

「家柄？」

（よくわからないよ、そんなんじゃ）

「虎之介兄さんほど歌舞伎が好きで、歌舞伎のことしか考えていない人もいないと思う。兄さんの姿勢を見ていると、見習わなければと思うことばかりだ」

　そこで一度言葉を切って「それから」と続ける。

「兄さんってすごくもてるんだ。多分、芹も知ってるだろうけど」

「知らないよ」

　話は聞いたが、実際につき合っていた人は平城しか知らない。

「全部相手から言い寄ってくるけど、すぐに別れる。理由は歌舞伎を優先するから。そんな虎之介兄さんが、歌舞伎の関係者以外に誰かのことを気にするなんて、今までだったらあり得ない」

　内山は一体何を言わんとしているのか。

「俺が稽古場に人を呼んだのは芹が初めてなのと同じで、虎之介兄さんが、稽古場に人を呼ぶようにと声を掛けてきたのも、芹が初めてなんだ」

　内山はこの間と同じで、鞄から取り出したチケットを一枚、テーブルに滑らせた。

「虎之介兄さんが座長を勤める公演の初日のチケット。俺も出るから、ぜひ観に来てほしい」

9

新橋にある劇場は、初日ということもあるのか、独特の御祝いムードに包まれていた。

観客席には、先日の舞台に立っていた常磐彦三郎に常磐紫川、さらには上方歌舞伎の人気役者である、澤松京之助を始めとする、藤村がドラマや映画で共演した人気俳優たちなど、錚々たる面子が顔を揃えている――らしい。

かろうじて常磐彦三郎は素顔もわかるが、歌舞伎の化粧をしていないと、誰が誰かまったくわからなかった。

内山からもらったチケットは、そんな面子と並ぶ場所で、幕が上がる前から芹は緊張を余儀なくされた。とにかく注目されてしまうのだ。

(勘弁してくれ)

夏用の麻のジャケットに綿のパンツを合わせただけの一般人である芹は、購入した筋書きに視線を向けて、できるだけ周囲を見ないようにしていた。

例年、八月に行われる若手歌舞伎公演は「納涼歌舞伎」と称されている。

この夏は『義経千本桜』に若手が挑む意欲作となり、一日三部構成で行われる。

藤村が座長を勤める三部は『狐忠信』と題され、先日芹が観劇した、常磐彦三郎が主役を務めた作品だ。どうやら話の大半は『川連法眼の館』の場らしい。

「静御前を鶸くんがやるのか……」

内山は源義経役。他にも稽古場を見学したときに挨拶をした人の名前が並んでいる。彼らの顔を思い出した途端、芹が緊張してきた。

「大丈夫？」

大きな深呼吸を繰り返していると、不意に隣から声を掛けられた。

「はい、大丈夫で……」

相手の顔を見た瞬間、芹は小さく息を呑んだ。隣に座っていたのは紛れもなく男性だったが、男性にしては繊細な美貌の持ち主だった。

芸能人ではないが、どこかで見たことがあるような顔立ちだ。が、考えてもすぐに誰か、名前を思い出せなかった。

「誰かの関係者？」

冷ややかな印象を放つ美人ながら、実に気さくに声を掛けてきてくれる。おそらくこの辺り一帯は関係者席なのだろう。

「あの、内山……橋元仙齋（はしもとせんさい）さんの」

学校の友人なのだと答えようとする前に、客席の照明が落ちた。

背筋をピンと伸ばした瞬間、心臓がドキンと鳴った。チョンという柝（き）の音と太鼓の音が鳴り響く中、幕が開くと川連法眼の館が現れた。

最初に姿を見せたのは、本当の佐藤忠信だ。

（……っ）

凛々(りり)しい藤村の姿に、芹の口から声にならない声が零れ落ちていく。

先日、常磐彦三郎が演じていた役を、藤村が演じている。

比べるなと言うのが無理だと思っていた。しかし、装束や大きな動きは同じはずなのに、細かな指の動きや目線のやり方が明らかに違っている。静もそうだ。紫川の静からは、落ち着きが感じられたが、鶸の静はなんとも愛らしい。

そして、やがて見せ場ともいうべきシーンとなった。

狐が扮した忠信が、先ほどとは打って変わってどこか愛嬌(あいきょう)のあるフリをしながら、静の打つ鼓に合わせて登場する。

丸められた指先や腰を屈めて横飛びする様など、常磐とはまったく異なる子狐の雰囲気が出ている。

既に狐だとばれた狐忠信に、静が義経に預けられた脇差(わきざし)で挑んでいく。そして狐は床に消えたかと思うと、着物姿から白い毛皮を羽織ったたいで立ちに変化して舞台に再び姿を見せるのだ。

（すごい！）

前回も同じ場面で、芹は椅子から飛び上がるような驚きを覚えた。

これこそまさに、歌舞伎の「ケレン」だという。

そこで狐は己の素性を明かす。

初音の鼓が親であること。自分はその鼓にされた狐の子であること。親孝行をできなかったことを悔やんでいることを訴えてくる。

常磐の狐は、何もできなかった無念を、そして藤村の演じる狐は、親を失った悲しみを全面に押し出してくる。

同じ子狐でも、常磐の演じる狐は既に仙籍に達しているように感じられるが、藤村の狐は動物の属性が強いように思えた。

だからこそ余計に悲しくて切なくて、涙が溢れて止まらなくなる。

(……どうしよう)

狐の両親への愛情に心を揺り動かされただけではない。その狐を演じているのが藤村だという事実に胸が熱くなった。

舞台狭しと走り抜け、あちこちの場所から姿を見せる。まさに息を吐く間もない一瞬の早業(はやわざ)を難なくやってのけて行く。

そして藤村が登場するたび、嵐のような拍手が起きる。誰もが藤村の動きに注目している。次に何をするか、どこから現れるか、期待している。

(すごい……すごい)

足がガクガク震え、涙は滝のように流れてくる。

ハンカチを探すが、今回も鞄の中にもパンツのポケットにもない。

仕方なしに手の甲で拭おうとしたとき、隣の席の先ほどの男性からハンカチが差し出された。

「使って」

芹にだけ聞こえる声に、一瞬躊躇(ためら)うものの、それがわかっていたように手の上に置かれた。初めての観劇のとき、平城にハンカチを借りたのを思い出して情けなくなる。

「すみません……」

同じく相手にだけ聞こえる声で礼を述べると、溢れる涙を拭う。拭いながらもしっかり壇上の藤村を追いかける。一瞬でも見逃さないように、必死に藤村を見つめた。

この間の舞台も素晴らしかった。

だが今日の舞台は、あのときとはまったく違っていた。

座長である藤村が、どんな人間か知っている。

どんな気持ちで舞台に立っているかも、少しだけ知っている。

演技の良しあしなど芹にはわからない。芹に理解できるのは、今舞台に立っている藤村が、全力で自分の役を演じているということだけだ。それが何より大切で、熱い想いが伝わってくる。


飛び跳ね、舞台を走る。最後には義経から与えられた初音の鼓を手に、宙吊りまで見せた。

人生二度目の歌舞伎で、頭の中の整理が追いつかない芹は、幕が下りても涙が止まらなかった。

それでもなんとか顔を上げ、隣の人に改めて礼を言う。

「すみません。ハンカチありがとうございました。あの……」

「吉野くんだよね？」

突然に名前を呼ばれて、芹は涙で濡れた目で相手の男を見つめる。

「俺は尾上浅葱（おのえあさぎ）。橋元……あ、内山くんか。彼から君を楽屋まで連れてくるように頼まれてる」

「尾上浅葱……」

その名前を繰り返してようやく、常磐彦三郎の写真集を撮ったカメラマンだということを思い出す。カメラマン自身、こんなに美形だったのかと驚いた。

はっとして辺りを見回すと、既に前の席にいた常磐たちの姿はもちろん、他の観客の姿もほとんどなくなっていた。

「すみません。俺……」

「謝らなくていいから。楽屋に行く前に、顔を洗っていこうか」

「は、い……」


洗面所に行って顔を洗うと、濡れたままの顔で鏡を見つめた。

（泣いたの、わかるかな……）

楽屋に行けば、内山だけでなく藤村とも顔を合わせざるを得ないのだろうか。もし会ってしまったら、どんな顔をすればいいのだろう。

おそらく他にも人がいるだろうから、余計なことを言わずに済むだろう。

（初日、おめでとうございます？　それとも、初座長おめでとうございます、なのかな）

「もういい？」

外で待っていてくれた尾上が扉を開けてきた。芹は借りていたハンカチで顔を拭う。

「すみません。お待たせしました」

「こっちこそ突然に声を掛けてごめん。橋元くん、自分から声を掛けるつもりだったらしいけど、お稽古が大変で気づいたら今日だったらしい。だから席が隣の俺に頼んできたんだが、今頃メール入ってるんじゃないかな」

芹は劇場に入る前にスマホの電源を落として以来、そのままにしていたことを思い出す。慌てて鞄の中から取り出すと電源を入れた。

「橋元くんとは高校のときから同じ学校なんだって？」

芹の中で、橋元仙齋＝内山という公式が成り立っていない。そのため、「橋元くん」と言われるたび、頭の中で一瞬、誰だったか考えてしまう。そして内山だと認識してから応じる。

「はい。でも話すようになったのは最近になってからです」

「最近？」

「そうです、けど」

尾上がやけに怪訝な表情になる。

「虎……藤村くんと知り合ったの、橋元くんを通してだろう？」

「ええと……」

否と言うべきか肯定すべきか、正直悩むところだった。

「違う？」

「知り合ったきっかけは別の人で、親しくなったのは内山がきっかけです。それが何か」

「いや……そこはいいことにしておこう」

警備員に挨拶をして楽屋口へ入ると、浴衣姿の人たちが多く行きかっていく。舞台に立っていた歌舞伎役者たちか。

「初日おめでとうございます。お疲れ様です」

「おめでとうございます」

その誰もが尾上に挨拶をしていく。それに対して尾上も丁寧に挨拶を返す。そして短い廊下の先に、数人集まった場所があった。

そしてその場にいた一人、たおやかな雰囲気を纏った、尾上同様、線の細い男性が芹たちに気づく。

「尾上センセ、そのコ、例の？」

「そうです」

尾上が答えるや否や、その人は真っ直ぐ芹の前までやってきた。

「君が吉野芹くんか。はじめまして。僕は常磐紫川。って、そんな自己紹介はどうでもいいね」

「常磐……紫川って……え？」

先日、静御前を演じていた、現代最高の女形と称される歌舞伎役者だ。

女形である以上、男性だとわかっていたつもりだったが、いざ目の前にこうして男性の格好で名乗られても混乱する。

（あの静御前、女性にしか見えなかった！　鶺も綺麗だったけど、この間の静は綺麗なんてもんじゃなかったのに！）

全体の容姿だけでなく、仕草も何もかも、とにかく美女だったのだ。でも今芹の腕を摑んでいる手は間違いなく男性のものだ。

「ちょい、どいてくれるかい。虎。虎之介くん！」

「なんっすか、紫川兄さ、ん……」

既に鬘を外し浴衣の前をはだけていた藤村は、名前を呼ばれて部屋の奥から顔を出した瞬間、その場で動きを止めた。

「芹……」

「今日、頑張ったご褒美！」

「ご褒美って、え？」

突然、紫川に背中を押されて、藤村の胸元に突進してしまう。身構えていなかった藤村は、芹を抱えてその場に尻もちをついた。

「ちょ、っと、紫川兄さん。尾上センセイ」

「後はよろしく。それじゃ、また、吉野くん」

「またって……」

「あの、内山に呼ばれてたんじゃ」

尾上はさっき、内山に芹を楽屋に連れてくるよう頼まれたと言っていた。

「ごめん。嘘なんだ」

「嘘って……」

悪びれることなく言った尾上は、紫川と二人、手を振りながら扉を閉めてしまう。

楽屋の畳の上に座った藤村の腰に跨って扉を振り返っていた芹は、しばし茫然とする。

何がどうなっているのか、まったく状況が見えない。でもとりあえず、藤村は彼らを前にすると、かなり雰囲気が変わり幼くなるのがわかった。

「あの、芹」

だから藤村に名前を呼ばれ我に返った瞬間、自分の状況に困惑する。

「ごめんなさい」

芹はとりあえず謝って藤村の上からどこうとした。だがそれよりも前に腕を掴まれてしまう。掴まれた掌から伝わる温もりに、全身が総毛立った。

その瞬間、涙が溢れてきてしまいそうな感情が、芹の胸の奥に湧いてくる。

ここで泣けていたら、可愛げがあるかもしれない。だが泣けなかった。泣くのが悔しかった。

だからぎりぎりで堪えて、藤村の手から、そして体の上からも逃れる。

「初日、おめでとうございます」

改めて頭を下げて祝辞を述べると、藤村は今さらながらに浴衣の前を直して「ありがとうございます」と返してきた。

それから互いに顔を上げるものの、話すべき言葉が見つからない。

「観に来てくれるとは思っていなかった」

その場に正座した藤村の言葉に、芹は少しだけカチンときた。

「亭からチケットをもらったので。狐忠信、とても良かったです」

こんなありきたりの感想ではなく、本当はもっと伝えたい気持ちがある。でも今の状況では何ひとつ言葉にならない。だから早口に言うと立ち上がって楽屋を出ようとした。

「待ってくれ」

しかしその前に腕を摑まれる。先ほどと同じで、掌から伝わる温もりに泣き出したい衝動に駆られてしまう。自分で自分の気持ちが制御できない。

「話をしたい」

振り返ると、膝を立てた藤村が芹をじっと見つめていた。

「離してください」

抗議する声が震える。

「頼む。五分でいい。話をする時間をくれないか。そうしたら、手を離す」

つまり嫌だと言っている限り手を離してくれないということだ。こうしている間に話せばいいのにと思いながら、言葉には出せない。

「……五分なら」

「ありがとう。すぐに着替えるから待っていてくれ」

芹の手を解放した藤村は、僅かな時間でも惜しむようにその場で腰の紐を緩めた。突然露になる藤村の体に、芹の腰の奥が疼く。

蘇るのはあの日の記憶だ。

忘れようとしても忘れられないぐらい、細胞にまで藤村が染みついている。

どれだけの夜、もどかしさに啼(な)いたか。疼く体に耐え切れず、自慰をした回数は一度や二度ではない。肌が記憶している藤村の指の動きを真似していることに気づいて、自己嫌悪した。

藤村にとって芹とのセックスは、たまたま相手が男だったこと以外、特別なことではなかったかもしれない。

でも芹は違う。

他人と肌を重ねる行為自体初めてだった。それを許したのは、藤村が相手だったからに他ならない。

だから平城と一緒に会ったとき、藤村の発言が許せなかった。自分にも非があったかもしれない。

それでも芹の意見を聞かず、ただ平城の言葉を一方的に信用したような態度にも腹が立った。

藤村という人間が、自分のことを何も知らないのは当然だ。改めて自分が、藤村にとって大した存在でないことを思い知らされた気がした。

それこそ「一度寝たぐらいで恋人気取りをされても困る」――ドラマやマンガでしか出会わないような台詞が、藤村が自分に対して見せた態度には当てはまってしまった。

芹は勝手に藤村の人となりを思い込んで勝手に傷ついた。何もわかっていないのに、ほいほい藤村の家についていった自分が悪いのだ。

わかっていても悔しさは拭えなかった。

一度知ってしまったセックスの快楽を忘れることもできなかった。

理由はただひとつ。自覚のないままに藤村に惹(ひ)かれていたからだ。

いつからなのか、どうしてなのか、わからない段階で抱かれてしまった。だから余計に困惑している。抱かれたから好きなのかもしれない自分も嫌悪している。

嫌悪したところで好きな気持ちを変えることもできない。

自分に向けられている感情が愛でないと思っても、もうなかったことにできなかった。

着替える藤村の背中を見つめていると、切なさが募ってくる。

「待たせてすまない」

気づけば、着替えを済ませスーツ姿の藤村が目の前に立っていて、その凛々しさに心臓が大きく鳴ってしまう。ジャケットを着た姿は何度か目にしていたが、きっちりとスーツを着た姿を目にするのは初めてだった。

(やっぱり好きだ)

常磐の隙の無い凛々しさと比べると、藤村のどこか抜け感のあるだらしなさに、芹は強烈に惹かれてしまうらしい。

ついさっきまで、白塗りで狐を演じていた役者とは思えないほど、現代的な装いの似合う藤村の姿に、改めてこの男が歌舞伎役者なのだということを実感する。

「それで話は……」

自分から切り出すと、藤村はおもむろに腕を摑んで楽屋を出ていく。

「藤村さん。話があるって」

「そうだ。君と話がしたい」

一旦振り返った藤村の強い視線に、芹は思わず見惚れてしまう。

「ここだと落ち着かない。だから少しだけつき合ってほしい」

そして藤村は芹の手を摑んだまま地下へ通じる駐車場へ向かう。他の役者たちは既に帰っているらしく、駐車場は閑散としていた。藤村は奥に駐車されている国産車の助手席に、芹を座らせて自分は運転席へ回った。

だがすぐに話し始めようとはしない。

(早く話せよ。五分なんてあっという間に経っちゃうのに)

実際のところ、藤村が言ってから、五分はとうに過ぎている。あくまで五分が口実なのは、芹も藤村もわかっている。居心地の悪い空気感の中、芹は自分から口を開く。

「今日の狐忠信、すごく良かったです」

「……あ、りがとう」

予想に反した芹の感想に、藤村は驚いたような声を上げる。

「子狐の親を想う切なさが、視線や体の動きで伝わってきました。この間の常磐さんとは違うアプローチで、直に子狐に感情移入ができました」

早口に言ってから、芹はそのままの勢いで「ごめんなさい」と藤村に頭を下げた。

「何を謝って……？」

「役者さんの顔を叩いてしまったから」

芹はそう言ってから、キュッと唇を嚙んだ。

あのときのことを思い出すと、胸が締めつけられるように痛む。悪いのは藤村だと思う。だからといって、顔も売り物である役者の顔を叩くのはルール違反だ。でも叩かずにいられない。平城が叩いていた気持ちがわかるような気がした。

「ただ、藤村さんが俺に対して言ったことは失礼だったと思います。平城先輩を連れて行ったのは考えなしでした。俺もまさか平城先輩があんなこと言うなんて思ってなかったし、嘘を吐かれるとも思ってなかった」

「嘘？」

「俺は藤村さんが、歌舞伎よりも他の舞台を優先すればいいなんて思ったことないです。藤村さんのこと、ちゃんと知らないでそんなこと言う権利は俺にはないです」

次第に頭がいっぱいいっぱいになっていく。

「それでも俺は俺なりに考えていたし、藤村さんに向かい合っていたつもりだった。確かに藤村さんに言われたように、優しくされただけで勘違いしていたかもしれない。だからって、それだけで藤村さんに抱かれたわけじゃないです」

ショックだった。

自分に向けられた言葉もそうだが、そんな風に藤村に思われていたことがショックだった。

「ちょ、っと待ってくれ。俺も話が……」

「藤村さんは俺が誰にだって足を開くって言ったけど、もし俺がそんな人間だったら、これまで童貞のわけがないんですよ。それなのに勝手に人のこと決めつけて……俺がどんな気持ちで貴方に抱かれたかも知らないで」

「教えてくれ。どうして俺に抱かれた？」

真顔で聞かれて、頭にカッと血が上る。

「好きだから以外にどんな理由があるんですか」

胸の奥につかえていた言葉を口にした瞬間、涙も溢れてきた。

「芹……」

「触らないでください」

隣の席から伸びてくる手を芹は振り払った。それでも藤村は負けずにまた手を伸ばしてきた。でもその手からも逃れる。

「嫌だ。触るな」

掌から伝わる温もりに触れたら勘違いしてしまう。もう嫌なのだ。揶揄うためなら触るな。

「芹」

「名前で呼ぶな」

芹は涙で濡れた瞳を藤村に向ける。

「芹……！」

藤村は抗う芹の両手を摑み、シートに背中を押しつけてきた。上から伸し掛かるような体勢で芹を睨んできた次の瞬間、藤村の顔が近づいてきた。

「……や、だ……」

慌てて顔を背けるが、それでも藤村は追いかけてくる。無理やり重なってくる唇は芹を追いかけ、そこを封じようとする。

「や……っ」

左に逃れても、右に逃れても。

そして完全に塞いでくると、無理矢理唇の間を舌でこじ開けて口腔内へ侵入させてくる。

「ん……っ」

芹は必死に追いかけてくる藤村の舌から逃れようと試みる。だが一度体を重ねただけで芹を知り尽くしてしまったかのように、どこへ逃げても藤村に追いつかれてしまう。

「ふぅ、んっ」

それでも芹はそこで諦めなかった。両手で藤村の胸を押し返して俯いた。

「……どうしてこんなこと……」

「すまない。あのとき、君にひどいことを言った」

芹の疑問に答える前に藤村は謝ってきた。

「真由が嘘を言っているだろうことはわかった。だがあのとき、君が真由を……女を連れて俺の前に現れたのを目にした瞬間、自分でも驚くほどショックだったんだ」

「ショックって、誰が」

「俺だ」

「なんで？」

（だって俺に嘘の連絡先を教えていたのに）

「自分でもわからない。ただ君の隣に真由が、いや、違う。女がいるのを目にした瞬間、裏切られたような気持ちになった」

藤村は己の額に手をやって首を振った。

「裏切るって……」

「そうだ。君は何も裏切っていない。ただ俺が勝手に、君は俺のものだと思い込んでいたんだ」

不意に全身が震えた。

「君のことなどろくに知らない。でもなんでも知っているような気持ちになった。そして俺の知らない話を真由としていることに苛立ちを覚えた。まるで小さな子どもみたいに、おもちゃを取られた子どものように、癇癪（かんしゃく）を起こしたんだ」

何を言われているのか芹にはわからない。

「意味、わかんないです」

「そうだな。俺もわからない」

藤村は苦笑を漏らす。

「ただ……ひとつわかったことがある。俺は君を子ども扱いしていた。でもよっぽど俺のほうが子どもだったということだ」

そして藤村は芹の頬に手を伸ばしてくる。指先が触れた瞬間、びくりと体を震わせると、眉間に皺を寄せた。

「俺は君が好きだ」

目を見つめて告げられた途端、芹の体がまた震えた。

「嘘だ」

「嘘じゃない」

「嘘だ！　嘘じゃないなら、どうしてあのとき以来連絡してこないんだ」

「それは君だって」

「連絡しようとしたのに繋がらなかった」

芹の言葉に藤村は眉を上げる。

「そんなわけがあるか」

「俺が嘘をついてるとでも言うのかよ！」

証明しようにも、もうあの番号は消去した。

「本公演の前で気持ちの余裕がなくて、誰にも連絡できなかったのは否定しない。でも俺は君からの連絡を待っていた」

「そんなの、今ならなんとでも言える」

電話が繋がらなかったときのショックは忘れられない。

「俺がどんな気持ちだったかわかるか？　どれだけ不安だったか、どれだけショックだったか……」

芹は伸びてくる藤村の手を払い、胸を叩く。自分でも何がなんだかわからなくなっていた。

「芹……芹……」

藤村はそんな芹の腕を摑む。

「俺のこと好きだなんて、嘘だ」

「嘘じゃない！」

藤村は摑んだ芹の手を己の股間へ導く。

「わかるだろう。俺がどれだけ今君を抱きたいと思っているか」

「好きじゃなくたって、セックスぐらいでき……」

「君は好きじゃない相手とセックスできるのか？」

真顔で藤村に問われる。

「それは……」

「俺は無理だ」

手で触れた藤村自身が布越しに強く脈動する。

「君を知ったら他の人なんて抱きたくないし抱けない」

藤村の言葉に呼応するように、手の中の欲望が疼いた。それでもまだすぐには信じられない。

「楽屋で君の顔を見たときから、君に触れたくて仕方がなかった。自分でも驚くぐらい、君が欲しい。君に触れたい。こんな気持ちになったのは生まれて初めてだ」

藤村は芹の手を解放し頰を撫でてくる。芹は最初、その手から逃れようとしたが、執拗に藤村は追いかけてくる。

慈しむように優しく芹に触れる。指先から伝わる温もりが、愛情を伝えてくる。嘘だと否定しようとする、頑なだった心がその温もりに溶かされていく。

「謝れと言うのなら、何十回でも何百回でも、芹の望むだけ謝ろう。君が許してくれるまで一生かけて謝ろう。だからわかってほしい。君を愛しているということを」

真摯な言葉と想いに、芹の抵抗が和らいでいく。

「嘘だ」

それでも芹の口をつく言葉に藤村は眉を下げた。こんな情けない表情をする藤村を初めて見た。

(もう、どうしよう。好きだ。俺はこの人が好きだ)

「どうすればわかってくれる？」

藤村の問いに、芹は両腕を目の前の男の首に回す。

「芹……」

「もう一度、俺のこと、抱いてください」

そして藤村の想いを伝えてほしい。


家に着いて玄関を入ってすぐ鍵を閉めてから、藤村は芹を抱き締めてきた。

「ん……っ」

息もできないほど激しく唇を貪りながら、芹の体に手を伸ばしてくる。明確な意図を持った藤村の手は、芹のシャツの裾をパンツから引きずり出し、直接肌に触れてくる。

「ここで、するんですか？」

躊躇う芹に藤村は当然のように「そうだ」と言い放つ。

「楽屋からずっと我慢してきたんだ。もう限界だ」

荒い息遣いで言葉が紡がれる。

「それに、君に俺の愛を、少しでも早く伝えたい」

掌全体で腹から胸を撫でた手が、荒い呼吸で弾む胸に伸びてくる。突起部分を摘まれると、びくびくと芹の体が震えた。久しぶりの行為なのに、全身が反応してしまう。

「あ……っ」

解放された唇から溢れる甘い声に、恥ずかしさを覚える。

「声を殺さないで。感じただけ声を聞かせてほしい」

藤村は甘く囁いてから、芹の前に膝を突き、ベルトの前を開きファスナーを下ろしてきた。

そして大きな手で下着から芹自身を導き出すと、なんの躊躇もなしに口を寄せる。

「あ……っ」

熱くざらついた舌で縁を嘗められると、背筋を電流のようなものが走り抜けていく。瞬間的に逃れようと後ろに退こうとした芹の腰を捕まえ、舌全体を押しつけてくる。

「や、だ……」

舌を上下されねっとり嘗められるたびに、腰がガクガク震えてしまう。

薄皮を捲り上げるようにされるともうたまらなかった。芹は咄嗟に口を押さえるが、その手を藤村に阻まれる。

「気持ちいいだろう？」

芹自身を愛撫しながら見上げられる。藤村の大きな手に包まれた、濡れていやらしく光る己から、逸らしたいのに視線を逸らせない。

芹の言葉に応じるべく、藤村は蕩けそうなほど優しく愛撫してくる。

「口、離してください」

「どうして？」

「もう、出る、から……」

こうして立っているのも精いっぱいだった。

(気持ちよすぎて、もう頭の中がグチャグチャだ)

背中を壁に押しつけていても、過敏になった内腿が震えて今にも腰が落ちていきそうだ。そんな芹自身を優しく撫でて藤村は甘い声で言う。

「心配するな。俺が全部飲んでやる」

「全部って……」

「芹のすべてを俺のものにしたい」

「あ……」

熱い言葉で、瞬間、芹の胸が熱いもので満たされる。

これまで見ていた藤村は、大人の男としてポーズを作っていたのかもしれない。一歩引いたところで芹を眺め、余裕の態度を見せていたのだろう。

でも今こうして芹を求める藤村からは、そんな余裕がまったく感じられない。

芹が欲しい。芹に触れたいという欲望を、ストレートにぶつけてくる。抱かれている芹自身にもはっきりわかる。

この男の素顔は、これほどまでに熱いのか。そんな熱い男に求められていると、その言動から痛いほどに伝わってくる。その熱に芹も煽られる。

知らなかった藤村の面に、改めて芹は魅了される。これまでも藤村のことが好きだった。でももっと好きになっている。新たな顔を知るたび、もっと好きになってしまうのか。それなら知りたい。藤村が芹のすべてを自分のものにするというのなら、芹は藤村のすべてを知りたい。

アッと思う間もなく集まっていた熱が、芹を銜（くわ）えたままの藤村の口腔に解き放たれていく。ドクドクと脈打ちながら解き放たれる芹の欲望を、藤村はすべて受け止め飲み干してしまう。

「飲んだんですか……？」

「ああ」

藤村はこともなげに言い放つ。

微かに溢れ唇を濡らす白濁した液体を嘗め取っていく舌の動きが、強烈にいやらしかった。

射精したばかりの芹の体は、藤村の淫靡（いんび）な仕草にさらに煽られる。

「芹」

迸（ほとばし）らせた欲望のすべて嘗め尽くしていく藤村に名前を呼ばれるたび、体の中が溶けていく。腕を掴まれ掌に熱い唇を押しつけられる。手首を嘗められ、ずるずるとその場に崩れ落ちていく芹の胸に、藤村は顔を押しつけてきた。

　完全にシャツの前を開かれ胸を嘗められる。舌先で膨らんだ乳首を転がされ、上下の唇で食まれると、甘い吐息が漏れてしまう。

「あ……気持ち、いい……」

　こんな風に胸を弄られて感じるということを、前回抱かれたとき、藤村に教えられた。以来、シャツが擦れるだけでも痛いぐらいに感じてしまっていた。

　でも自分で弄ってもこれほどまで気持ちよくならなかった。

　藤村が嘗めるから、弄るから、ここまで感じてしまう。

「ん……そ、こ……」

「ここか?」

　芹の反応を確かめながら藤村は芹の乳首に歯を立てる。

「んっ」

　尖った歯先が皮膚に食い込む感覚は、藤村自身を受け入れたときの感覚に近い。

「痛いか」

　問われて芹は首を振った。

「痛い、けど……藤村さんにされてると思うと、嬉しい」

　最初の射精が、芹の中にあった意地っ張りな気持ちを解き放っていたのだろう。素直な想いが言葉となって溢れてくる。藤村のことが好きだ。だから藤村にも好きになってほしい。愛してほしい。もっと触ってほしい。

「そんな可愛いことを言って……」

藤村は芹の唇に噛みつくように激しいキスをして、脱力し前に投げ出していた芹の足をぐっと手前に引っ張った。

それによりずるりと背中が滑って、芹の下半身を藤村の前に完全に晒すことになる。足に纏わりついていた邪魔な服をすべて脱がされ、腰を抱えられ双丘を左右に開かれる。

「や、だ……」

「恥ずかしいか？」

芹は苦しい体勢で小さく何度も頷いた。

「芹の恥ずかしい場所をすべて俺に見せてくれ」

「藤村さん……」

「俺の恥ずかしくて情けないところは見ているだろう？　だから俺も芹の全部が知りたい。さっきも言ったように、俺は芹を全部自分のものにしたい」

「……っ」

藤村の舌が伸びてきて、花芯の中心を探る。

「あ……っ」

生き物のような藤村の舌が小さな襞のひとつひとつを刺激し広げ、内側まで伸びてくる。

溢れる唾液で濡れて解されそこを柔らかくしていく。芹は無意識にそこを収縮させてしまう。自分でもよくわからない場所が熱れて、火傷しそうに熱いもので擦られるのを待っている。

それを自覚したことで、最後に残っていた羞恥が完全に消え失せていく。

ピチャピチャと音を立てながら、芹は同じ場所を嘗め続ける藤村の頬に手を伸ばす。

「……どうした」

顔を上げ芹の指先に口づけてくる。指の一本一本に丁寧に舌を這わせ嘗められる。

「欲しい」

気が遠くなりそうな甘さの中、芹は訴える。

「何が？」

芹の求めなどわかっているだろうに、藤村は芹に確認する。

「藤村さんが……」

欲しい。

「ここに？」

今、愛撫していた場所を示されて、芹は頷いた。

「いいのか」

確認されて芹はもう一度頷いた。

「今度抱いたら、俺は二度と君を手放せなくなる。雁字搦め（がんじがら）めにして独占して執着する。それでもいいのか？」

「嫌だって言ったら、やめるんですか?」

今さらな問いかけに対して少し試すように芹が返すと、藤村は破顔した。

「君は俺が思っているよりもずっと大人だ」

「大人じゃないです。ただ藤村さんのことが好きなだけです」

芹は藤村の髪を撫でる。

「でももう、この間みたいなことは嫌です」

「この間……」

「抱いたあと、連絡してこないとか……他の人と同じ扱いは絶対に嫌です。俺は貴方がこれまでつき合ってきた女の子たちとは違うんだって、わかってください」

思い出しただけで悔しさに涙が溢れそうになる。

「わかってる。だから、見ていてくれ。自分の体に、俺が挿っていく様を」

藤村は己自身を取り出すと、芹の後ろにそっとあてがってきた。傍目からわかるほどドクドクと脈づく藤村の欲望を目にした瞬間、芹の腰が疼く。

「熱い……」

入口に触れただけで、そこが溶けていきそうだ。

「芹が欲しくて、熱くて硬くなっている」

藤村は自分の変化を口にしながら、肉を捲り上げるようにして、先端を芹の中に埋めていく。

「ん……っ」

「自分の体が反応しているのがわかるか？」

聞いてくる藤村の声が微かに上擦っている。自分だけじゃない。藤村も感じている。

「わかる……けど、もっと奥まで」

芹は情欲に濡れた声で訴える。無意識に腰を浮かし、藤村を締めつける。

「深いところで、藤村さんを感じたい」

「……ったく、君は……俺を殺す気か」

芹の言葉に促され、藤村は一気に己の熱を奥まで突き刺してきた。

「あっ」

そしてぎりぎりまで引き抜く。

「自分の中にいるのが誰か、しっかり見ておけ。二人が繋がっていることを、覚えておいてくれ」

「……藤村、さ、ん……」

激しくなる律動に、芹の息も上がる。

伸ばした手を藤村は摑んで、指を絡めていく。しっかりと二人の体を繋ぎ、同時に頂上を目指して駆け上がっていく。

互いの想いを確認するように。

「最初に電話のことを謝らせてくれ」

何度目かのセックスを終えたあと、ベッドに移動してから藤村は頭を下げてきた。

「あの番号は真由や、それまでつき合っていた相手も知っている。だから君に本気になった段階で、他を全部整理するために解約した」

「どうしてそれを俺に教えてくれないんですか？」

「芹には普段使っているほうの番号を教えたつもりでいた」

でも実際は教えてもらっていない。

「じゃあ、俺の番号もなくなったってことですか？」

「いや」

藤村は否定する。

「芹の番号は登録し直したんだ。だから、どうして電話がかかってこないのかが不思議だった」

「それなら虎之助さんからかけてくれればよかったんですよ」

「だからそれは……」

言い訳しかけて、藤村は途中でやめる。

「これについては全面的に俺が悪い。不安にさせて悪かった。ごめん」

頭を下げられたらもう何も言えない。

「わかりました。後で絶対番号教えてください」

「もちろんだ」

「もうひとつ、教えてほしいことがあるんですけど」

「なんだ？　なんでも聞いてくれ」

「この間の記者会見で、座長が今回のみかもしれないと言ってたのはどうしてですか？」

内山に聞いたら、家柄のことを言われたが、よくわからなかった。

「俺は、傍系なんだ」

「傍系？」

「正確には傍系じゃないんだが……俺の親父は歌舞伎役者じゃない。途中でやめてしまったんだ」

先日、内山も言っていた。歌舞伎役者を「やめようか」考えていた、と。

藤村の言葉に芹は耳を傾ける。

「歌舞伎は家の芸でもある。親が子に、またその子が孫に伝統として芸を教える。だが俺は子どもの頃に親父が歌舞伎役者をやめたことで、師匠を失ったわけだ」

「それでどうしたんですか」

「父親の叔父さん、つまり祖父の兄弟で歌舞伎役者がいたんで、その人についたはいいが、女形の役者だった。子どもの頃はよかったが、成長するにつれて教えてくれることに限りが出てくる。それで高校のときに改めて聞かれた。この先も歌舞伎を続けるか、と。続けたとしても、親が役者を続けていない以上、家を重んじる世界で大きな役をもらえる可能性は少ない。厳しい状況で、それでも歌舞伎を続けるつもりはあるのか、と。選択肢は俺にはなかった。とにかく歌舞伎が好きだったから、役なんてどうでもよかった。続けられるならそれでよかった」

藤村の話を聞きながら、芹は以前、内山に聞いた話を思い出す。藤村ほど歌舞伎を好きな人はいない、と――。その意味が今ならわかる。真ん中に立てなくても、主役になれなくても、歌舞伎役者として舞台に立ちたいということだ。

「ドラマや映画に出るのも歌舞伎に繋がればと思っている。実際、今回の座長が勤められたのも、違う世界で活躍しているのが認められたからだ。俺はこれからも、歌舞伎の世界で生きていくためにはなんでもやるつもりだ。そのせいで公演近くになると、他のことが頭になくなる。でも、芹のことは違った。自分から電話はできなくても、かかってくるのを待っていた」

藤村の熱い想いに芹は胸がいっぱいになる。藤村にとって大切な歌舞伎と同じくらい、自分は愛されている。

「もっと藤村さんのこと知りたい」

甘えるように藤村の腕にしがみつく。

「俺も知ってもらいたい」

藤村は改めて芹を抱き締めてくると、肩口に額を押しつけてきた。

「離したくないなあ……このままずっと」

子どもみたいな発言に、芹はそっと呟く。

「俺、夏休みなんです」

その言葉で藤村は顔を上げる。

「だったら荷物を持って俺のところに来るといい。舞台に立っているときは何をしていてもいい。でも帰ったら芹に会いたい。芹を毎日抱きたいから」

そして藤村は再び芹に熱いキスをしてきた。

エピローグ

千秋楽の公演が終わって楽屋にいると、藤村を揶揄するべく次から次に人気役者たちが顔を出してきた。その中には、前回芹のことを「ご褒美」と言って藤村に押しつけた常磐紫川の姿もある。

「あの、どうして紫川さんや尾上さんは、俺のことを知っていたんですか」

他の役者と藤村が話しているうちに芹が尋ねると、紫川は尾上と目を合わせて肩を竦めた。

「そりゃもちろん、こいつが惚気たからに決まってるでしょ?」

芹の疑問に紫川が笑いながら応じると、尾上が隣でうんうんと頷いた。

「惚気たって何を?」

意味がわからずに芹はさらに尋ねた。

「ちょ、やめてくださいっす。紫川さん」

「何を今さら。飲みながら散々、芹が可愛いだの言いまくっていたくせに」

「なんですか、それ」

「あと亨に聞いたけど、君、未成年だって?」

紫川の発言で、藤村が「え」と後ろで声を上げる。

「はい」

「未成年?」

あっさり芹が応じたことで、藤村はさらに驚いたらしい。ちょうど話を終えたのか、芹の前まで戻ってくる。

「大丈夫だとは思うけど、外で飲むとき気をつけたほうがいいよ。コレでも一応この男、有名人だから。いつ週刊誌にすっぱ抜かれるかもわからないから」

「わかりました」

「わかりましたじゃないだろ！」

藤村は芹の前に正座する。

「未成年って、芹、亨と同い年じゃないのか？　あいつの成人祝いに、結構な物を買わされたぞ」

「はい。でも俺、早生まれなんで、二十歳になるのは来年の三月です」

「来年の三月？」

「三月三十一日……」

信じようとしない藤村に、芹は持っていた大学の学生証を見せる。

「わー、虎之介くん、気をつけてね」

後ろでわいわい揶揄する人々を横目に、藤村は頭を抱えた。

「未成年……」

「でも男は十八歳過ぎてたら結婚できるし、問題ないですよね？」

芹が首を傾げて確認するのを見て、藤村は曖昧に笑った。

初枕

最悪だ――西條鶸の頭の中にあったのはこの言葉だ。

三年前、家を新築する際、地下に備えられた稽古場は、床に有名な劇場でも使われている特別な木材を使っていることが、日舞の家元である母親と、歌舞伎役者である父親の自慢だった。

二週に一度、母がお弟子さんたちに日舞を教えるこの場所で、鶸や二歳年下の弟である若葉もまた、日々の稽古で汗を流してきた。

今、大きく左右に開いた鶸の足の間で腰を振っている男、橋元仙齋こと内山亨も同じだ。

「あ、あ、あ……」

腰を律動されるたび鶸の口から堪えられない喘ぎが漏れる。その声に煽られるように、亨はいつも平静を装っている顔を歪め、引き結んだ唇から熱い息を漏らし、玉のような汗を額に滲ませる。

亨の顎を伝った汗が、露になった鶸の白い肌を伝い、木の床にいくつもの染みを作る。

染みを作っているのは汗だけではない。二人の体を繋げた場所から溢れ出る体液も、秘密を暴く証をそこに残していく。

「あき、ら……や、め……」

鶸は何度繰り返したかわからない。それに対する亨の返事は変わらない。

「やめない」

やめるどころか、さらに強く深く、鶸の内部を貪欲に貫いてくる。

最悪だ、最悪だ、最悪だ。

当然、行為にいたるまでの甘い言葉などあるわけもない。床に押し倒され、そのまま伸し掛かられている。

何が最悪かと言えば、この状態を決して自分が嫌がっていないということだ。

「鶸、鶸、鶸……」

自分の名前を聞きながら、鶸は両手を自分を抱く男の背中に回した。


蟬の大合唱を聞いていると、ただでさえ暑いのに、さらに暑さが増してくるようだった。

「暑……っ」

滝のように流れる汗を手拭いで拭きながら、鶸は自宅の地階に設置された稽古場の扉を開けた。その途端にむわっとした湿気を含んだ熱気が流れ出てくる。

慌てて冷房を点けるが、稽古場が冷えてくるまで待っている余裕はない。

高校の一学期の終業式を終えてすぐ、友達の誘いのすべてを断って帰ってきたのだ。

汗で張りつく前髪を指でかき上げながら、鶸は細面の顔を暑さに歪めつつも、稽古場に備えられた神棚の前で手を合わせた。

江戸歌舞伎の大家である常磐宗家の流れを汲む家に生まれた鶸は、二歳年下の弟である若葉とともに五歳で初舞台を踏んだ。

同い年の友達が童謡を覚える頃、鶸は長唄を口ずさんでいた。物心ついたときから、歌舞伎役者になるのだと当然のように思ってきた。

高等部に上がっても、学校と舞台の両立が難しくなっても、将来の夢は子どもの頃と変わらず歌舞伎役者だ。

鶸が目標としているのは、年の離れた従兄弟である、常磐紫川だ。稀代の女形であり夭逝した常磐花菖蒲を父に持つ紫川は、本名を春日志信という。鶸にとって誰よりも美しく凜としていて、常に憧れの対象だった。

『僕も志信ちゃんみたいな女形になる』

ずっと抱いてきた夢に迷いが生じてきたのは、最近になってからだ。

普通学科に通っているため、学業との両立が厳しいこと、さらに年齢ゆえに演じるべき役がなく、呼ばれる舞台が減ってきたことも影響しているだろう。

そして何より、目指す紫川と自分を比べて、あまりの差に愕然としていることも大きい。

だからといってそれで諦められるわけもない。紫川のようになるためにはどうしたらいいのか。

高校を卒業するまであと半年。

夏休み末に、若手の役者を中心に行う自主公演の演目の稽古をしながら、大学進学を含めたこの先のことを考えようと思っていた。

「それにしても遅いな」

午後二時を回ろうとしている。

鶸が待っているのは弟の若葉と、自分と同じ産婦人科で三日違いで生まれた、橋元仙齋こと内山亭だ。

同じく歌舞伎の家に生まれたこと、さらに近所に住んでいることもあって、子どもの頃から兄弟のように一緒に育った。

　ところが亨はなぜか進学校に高校から編入してしまったのだ。

　理由はわからない。気づけば学校が変わった頃から、顔を合わせても素っ気無い態度を取られるようになってしまっていたのだ。

　今回の自主公演への参加も、当初亨は乗り気でなかったと聞いている。それでも、親に何か言われたのだろう。不承不承ではあるものの参加することになったが、ともに稽古するのは今日が初めてだ。もっと前から誘っていたのだが、なんだかんだ理由をつけられて延期されていた。

　鶸は二人を待っている間、台本を開く。

『三人吉三（さんにんきちさ） 巴白波（ともえのしらなみ）』、正式名称『三人吉三（さんにんきちさ） 廓初買（くるわのはつがい）』は、「吉三（きちさ）」という同じ名前の三人の盗賊を中心に、その複雑な人間関係を軸に物語が進む。内容は明解ながら、だからこそ演じるのは難しい。

　演目を選んだのは若葉だ。それなのにいざ演じるとなったら、「なんでこんなに難しいのをやるの？」と文句ばかり言っている。

　子どもの頃は鶸と亨のあとについて回る甘えん坊だったのに、この一年で急激に身長が伸びて手足も長くなった。多分もうすぐ、鶸の身長を越す。

　亨も同じだ。小さい頃は鶸より小さくて体も弱かったのに、気づいたら見上げるほどの長身になっていた。全体的にがっしりとした体格になり、私服で歩いていたら誰も亨が高校生だとは思わないだろう。

　軽い癖のある髪をジェルで撫でつけ、黒縁の眼鏡をかけている。ぱっと見、インテリ臭く見えるものの、中学校の成績は低空飛行だった。

決して勉強ができないわけではない。しないだけだったのは、進学校に編入できたことで判明した。おまけに歌舞伎役者になるのに、学校の勉強は不要だという言い分だったのに、どんな心境の変化があったのか。夏休みも予備校に通っているらしい。別の学校に行くなら若葉のように、芸能人に理解のある学校を選べば良かったのにと思う。

正直なところ、鶺には亨の考えていることがわからない。今日も果たして来るのか心配していると稽古場の扉が勢いよく開く。

驚いて振り返った先には、制服姿の亨が立っていた。

ひどく不機嫌そうな表情をした男は、背負っていた鞄（かばん）を乱暴に床に下ろし、大股で稽古場に上がってくる。

汗で濡れたせいでカールした前髪を無造作にかき上げる仕種に、鶺の鼓動が瞬間的に高鳴る。子どもの頃から見慣れた顔のはずなのに、ふとした瞬間に見せる表情や仕種に、濃厚な艶を感じてしまう。

多分、最近、あまり顔を合わせていないせいだ。鶺は無理やり自分にそう言い聞かせながら、心を落ち着かせるべく小さく息を吸った。

「亨、来るの遅い。稽古の時間、あまり取れないのわかってるだろう？　終業式終わったあと、今まで何をやってたわけ？」

責める口調で言う鶺を、亨はシャツの裾を制服のパンツから引き抜きながら横目でちらりと見る。

「文句なら俺より若葉の奴に言え」

「若葉が何？」

「メール見てないのか？」

「メール？」

稽古場に入ってからメールの確認などしていない。言われるままに携帯電話を見ると、若葉からのメールが届いていた。

件名は『ごめん！』。

『今日、クラスの子に映画に誘われちゃった！　前からいいって話してた子。だからごめん！』

「若葉の奴……」

何が、ごめんだ。時間がないとわかっているのか。

「駅前で会ったんだけどさ、すっげえ嬉しそうだった」

「会ったのに、どうして引き止めないんだ」

「鶸にメールしたって若葉が言ってたから、許可されたもんだと思ってた」

「許可なんてするわけないだろう。大体若葉も亨も……」

「俺にうだうだ言っても始まらねえだろう。若葉が帰ってきたら、直接当人に言え」

「……っ！」

そこで若葉の話は終わりにされる。

どうして誰も彼もいい加減なのか。

鶸はずっと不安に思っていることがある。亨がもしかしたら、歌舞伎の道に進みたくないと思っているのではないか、と。具体的に亨の気持ちを聞いたことはない。だが、もしかしたらと思うことがあった。

確認するべきなのかと思いながら、ずっと聞けないでいる。もし本当に亨が歌舞伎役者を辞めようと思っていると知ってしまったら、どうしたらいいのかわからなくなる。

そんな不安を振り払って顔を上げた瞬間、鶸は動きを止めてしまう。

視界に飛び込んできたのは、亨の上半身だった。子どもの頃から、それこそ見飽きるほどに見ている。子どもの頃は一緒に風呂に入った仲であり、成長してからも同じ楽屋で着替えている。

そんな相手の裸を目にして、何を動揺しているのか。考えてすぐに理由を知る。

鎖骨の少し下の胸元に微かだが色の違う場所があった。ぶつけた痕ではない。あれは——。

「これが気になるのか？」

視線に気づいた亨が上目遣いで鶸に視線を向けてくる。

「べ、つに……っ」

早口に言って顔を逸らす。

亨に初めて彼女ができたのは中学三年のときだ。

その前からもてていても、相手にしなかった。でもあのときは、わざわざ鶸に宣言してきたのだ。

「彼女ができた」——と。

その相手とはすぐに別れたものの、以来女が切れたことはない。

亨のことならなんでも知っているつもりでいた。だが彼女と話している亨は、鶸の知らない顔をしていた。

あのとき、胸の内に言葉にならないもやもやとした感情が生まれた。自分でもよくわからなかった。だがすごく苛立った。

以来、歌舞伎のこと以外で、亨とまともに言葉を交わしていない。鶸から距離を置いたか、亨からだったかはわからない。

「別にって顔じゃないだろう。よく見てみろよ」

不意に背後から腕を摑まれた途端、触れられた場所から鶸の全身に温もりが走り抜けていく。次の瞬間、鶸は勢いよくその手を振り払ってしまう。

「離せっ」

「……痛、てぇっ」

直後、亨は顎を押さえ小さな呻き声を上げた。

「……手、当たった？」

咄嗟に亨の腕を摑んで顎を確認すると、そこには爪で引っかいたような細く赤い線が浮かび上がっている。手を払った瞬間、きっと傷つけてしまったのだろう。

鶸の背筋に冷たいものが走り抜けていく。

「ごめん。……怪我をさせるつもりは……」

「大袈裟な」

亭は乱暴に鶸の腕を振り払い、顎を手の甲で拭い、稽古場の壁に備えられている鏡で自分の顔を確認する。

「このぐらい、唾でもつけときゃ治る」

「でも、役者の顔に傷をつけるなんて……」

子どもの頃から、親に繰り返し言われてきた。何があろうと顔にだけは怪我をするな、と。鶸だけではない。若葉も、当然亭も同じだ。小さいときから猪突猛進だった亭は、しょっちゅう怪我をしていた。腕を骨折したこともある。だが顔は、いや、顔だけは無傷で過ごしてきたのだ。

女と別れるときにも、顔だけは殴るなと相手に言ってきたらしい。あくまで噂に聞いているだけだが、事実、亭はこれまで顔に傷ひとつつけてこなかった。

鶸にとって憧れの役者は、常磐紫川だった。だが鶸の一番好きな顔は亭だったのだ。

細面で面長の面差しに、常に笑ったような口元と、笑うとなくなる切れ長の瞳。

子どもの頃から、両親よりもそばにいて、ずっと見ていた顔だ。その顔を愛しく思わない人間がいるだろうか。

口に出すことはなくとも、ほとんど会話することがなくても、ずっと大切にしてきたのだ。

それなのに、まさか自分が亭の顔を傷つけるとは——。

「この程度、まったく問題ない……って、なんでお前がそんな顔すんだよ」

「それって、役者、辞めようと思ってるから？」

「はあ？　なんだ、それ」

「役者を続けるつもりがないから、顔に傷がついても気にしないって言ってるんじゃないのか？」

これまでずっと胸の内にとどめていた言葉が口をつく。

「だから自主公演にも最初、乗り気じゃなかったんじゃないのか？」

「違う。俺はただ、女形じゃないから、この程度の傷がついても、まったく問題がないって……」

「嘘だ」

「嘘じゃない」

亨の手が頬に触れる。先ほど腕を掴まれたときと同じ、掌（てのひら）から伝わってくる温もりに、泣き出したい衝動に駆られた刹那（せつな）、鶸の最も好きな顔が間近まで迫ってくる。

「俺が役者辞めたら、どうする？」

「あ、きら……」

「なあ、鶸。俺が役者辞めたら、お前はどう思う？」

名前を紡ぐのと、何が起きようとしているのかを理解したのは、多分ほぼ同時だっただろう。

だから慌てて身を引こうとしたときにはもう、鶸の唇には亨の唇が重なっていた。

「………っ」

鶸は必死に目の前の男の胸を押し返そうとした。だが、まったく動かない。上背は亨のほうがある。体格もがっしりしている。だが同じ男なのだ。ここまで力の差があるはずがない。

それなのに、亨の舌は自在に動き回って鶸の口腔内を味わい尽くしていく。

乱暴に、獰猛（どうもう）に、苛烈（かれつ）に。

鶚は童貞だ。

でもキスしたことはある。それも一度だけではない。相手は今、鶚の唇を貪っている男だ。

もちろん亨は知る由もない。最初のキスも二度目のキスも、亨が寝ているときに鶚がこっそり奪ったものだ。

最初はまだ小学生のときで好奇心が強かった。だが、二度目は中学三年になってからだ。キスの持つ意味もわかっていた。

亨に彼女ができたと知った夜、平然と隣で眠る幼馴染みの横顔を眺めていた。

確かあの夜は、テストの前だったのだ。亨が一夜漬けをすべく鶚の部屋に押しかけてきていながら、とっとと一人で眠ってしまった。

その横顔を眺めていたら、吸い寄せられるように亨の唇に自分の唇を重ねていた。キスとも言えない、本当に微かに触れたか触れないかの状態で、すぐに体を離した。

亨は知らない。鶚だけの秘密だった。一生、自分の心に秘めておくつもりだった。

それなのに今、美しい思い出をまるで踏みにじるかのように、亨に激しいキスをされている。

触れるだけの幻のようなキスではなく、体内に潜む情欲を煽り立てる行為に、鶚は混乱していた。

こんなキスは知らない。こんな感覚も知らない。膝ががくがく震え腰から力が抜けていきそうになった。鶚は縋るものを求め、亨の背中に腕を回しそこに爪を立てる。

そんな鶚を嘲笑うかのように、亨は突然に唇を離した。そして亨が笑ったのを目にした瞬間、鶚は突然我に返る。

頭で何かを考えるよりも前に、再び大きく手を振り払ってしまう。

「痛って」

バチンという鈍い音とともに亨は頬に手をやる。鶚は今回は、傷つけてはならないという戒めを破って、わざと目の前の男の頬を叩いたのだ。

「なんなんだよ、お前は一体……さっきは爪で引っかいたぐらいで泣きそうな顔してたくせに、それで叩くって意味わかんねぇ」

「意味わからないも何も、亨のせいじゃないか」

鶚は激しく鼓動する自分の胸の前で、亨の頬を叩いてしまったことで震える右手を左手で抱えた。叩いたことを後悔はしていない。だが胸は苦しい。

「俺のせいって、何が」

眼鏡のブリッジを押し上げながら、亨は強い口調で聞いてくる。

「俺が役者辞めたら困るのは、俺じゃなくてお前だろう？　大体、何が俺のせいなんだ。キスしたせい？　それとも、鶚の大事な俺の体に、他の女がマーキングしたせいか」

「マーキングって……」

それに、鶚の大事な亨の体とはどういう意味なのか。

「俺のこと、好きなんだろう？」

「何、を……」

一瞬、頭の中が真っ白になった。しかし亨はそんな鶚の様子など無視して言葉を続ける。

「しらばっくれようとしても無駄だ。これまでに、寝てる俺にキスしてきたことあるだろう？」

鶸の全身がぶるっと大きく震える。

表情が強張って顔に張りついてしまう。

急激に口の中が渇いて鼓動が速くなる。

「夢でも、見てたんじゃ、ないのか」

「よく言う」

困惑しながらも必死に誤魔化そうと試みるが、一笑に付される。

「一度ならともかく、二度もしておいて夢だなんてよく抜かせるもんだ」

腕を摑まれ壁に背中を押しつけられる。鼻先を突きつけられ、亨の顔が近づいてくる。キスされようとしていることに気づいて、慌てて顔を逸らす。

この状態で亨の顔を真正面から見つめる勇気が鶸にはない。

そ知らぬふりをしながら、この男はすべて知っていた。鶸の気持ちも、鶸の想いもすべて。それなのに女性とつき合う様子を見せびらかしていた。

情けなさに胸が苦しくなる。

「逃げるのか」

熱い吐息が頬を掠め、そのまま耳を齧られる。

「俺のこと、好きなんだろう？」

耳殻の柔らかい皮膚に、歯が突き刺さる感覚に膝ががくがく震えてきた。力の入らない手で懸命に亨の胸を押し返すので精一杯だった。

「……好きじゃない」

認められるわけがない。認めてしまったら、足元からすべてが崩れ落ちてしまう。

子どもの頃は幼馴染みで兄弟みたいな感覚だった。その気持ちが恋愛に変わったのは、二度目にキスをしたあの夜だ。

自分以外の誰かが亨のそばにいる。亨に触れて亨の唇にキスをして、亨に抱かれている。想像しただけで嫉妬（しっと）の炎が燃え上がって堪えられなくなったのだ。

でも打ち明けるつもりなどなかった。叶う想いだと思ってもいなかった。

同じように梨園の家に生まれ、一生、歌舞伎の世界で生きていく。相談もされることなく、亨は他の学校に行ってしまっても同じ舞台に立って夢を語れる関係で十分だと思っていたのだ。

それなのに、こんな形で亨にばれてしまうなんて最悪だ。

「嘘ばっかり」

「好きじゃない！」

多分、今さらだろう。それでも精一杯の虚勢を張って認めないのは、鶸の矜持（きょうじ）だ。そんな鶸の言葉に亨は小さく舌打ちする。

「……いいけど、別に。認めたくないならそれでも」

吐き捨てるように言ったかと思うと、亨は鶸の腕を引っ張って床に押し倒してきた。その上に跨（また）がって浴衣の胸元を大きく左右に開く。

「亨、やめ……っ」

「何を言われてもやめない」

首筋に嚙みつくように唇を押し当てられる。ねっとりと舌を押しつけられると、それだけで全身が総毛立ち肌がざわめき出す。

「正直になれよ。お前だってずっとこうされたかったんだろう？」

顎や喉を嘗め上げながら、亨は手を鶸の浴衣の裾へ移動させてくる。膝を立てることで容易に露になる太腿を撫でられると、それだけで無意識に腰が弾んでしまう。

「亨……」

「ほら。ここ、もう硬くしてるじゃないか」

下着の上から下肢に触れられると、鶸は上がりそうになる声を必死に堪えて喉を反らす。

鶸も健康な男だ。これまでに一度も自慰をしたことがないとは言わない。だが自分で自分を慰める行為は罪悪感を伴い、決して頻繁ではなかった。

だから数少ない行為と比較するのは誤りだとわかっていても、どうしても比べてしまう。

亨の指が、掌が、触れている。考えるだけで頭が破裂しそうになる。腕を摑まれたときの衝撃とも比べ物にならない。全身に火が点いたような感覚に、何がなんだかわからなくなってくる。

触れられた場所から自分が何か違うものに変化してしまう。

「……や、だ……」

鶸は抵抗を諦め、代わりに自分の手で自分の顔を覆う。

駄目だ。もう駄目だ。

亨に触れられ、ずっと隠していた自分の本性が暴かれてしまう。

最悪だ。亨に触れられてキスされて、愛撫される。夢の中で思い描いた光景だ。告白するつもりはなくても、夢の中で亨が抱いているのは、顔も知らない彼女ではなくて鶸だった。

キスされて喜んでいた。胸に触れられて声を上げて、亨のものを体内に挿入されて、歓喜していた。

そんな浅ましくていやらしくて淫らな自分を、知られてしまう。

「鶸」

名前を呼ばれてはっとすると、亨の頭が腰のところにあった。下着から引きずり出された鶸の罪深き欲望は、亨の手での愛撫で硬くなって頭をもたげている。

淡いピンク色をした先端は、既(すで)にとろとろの蜜を溢れさせている。小刻みに震える場所を軽く刺激するように、亨の指が触れてきた。

「……っ」

「目を逸らすな」

とっさに顔を横へ向けようとした瞬間、強い口調で阻まれる。なぜと問う前に理由を告げられる。

「俺に何をされているか、その目でしっかり見ておけ」

亨はそう言って、鶸のものに舌を這わせてくる。根元から先端までゆっくり移動させ、今度は口に含んだ。

「や……め……っ」

「やめて、じゃなくて、もっとの間違いだろう?」

「あ……っ」

愛撫しながら喋られると、細かな振動が直接鶸に伝わってくる。

舌の動き、歯の刺激。唇の甘い刺激とざらついた舌の感触。

そして亨は上目遣いでじっと鶸を見つめている。鶸が自分の反応を見ているのと同じで、亨も自分の刺激で鶸がどう反応するかをじっと観察している。

嘗めれば声を上げ、吸い上げられると腰が揺れる。ドクドクと強く脈動し、刺激される場所に欲望と熱がたまっていく。

「あ……っ」

どれだけ声を堪えようとしていても駄目だ。唇を引き結ぼうとすると、さらに強く嘗められ吸われる。ピチャピチャという猥雑な音をわざと立てられ嘗められ、脳天まで貫いていく快感を堪えるべく、鶸は必死に足の指に力を入れた。

限界はもうすぐそこまで訪れている。亨もわかっている。

「達けよ、このまま」

甘い声で囁かれ、とどめを食らった。

「ん……っ」

堪えられるわけもない。一際強い吸い上げで、鶸は一気に頂上へ駆け上っていく。

全身が小刻みに震えて熱が下肢へ集まっていく。頭の中で何かが破裂したみたいな感覚が訪れた次の瞬間、急激に落ちていく。

全速力で百メートル走を終えたあとよりも激しく呼吸する鶸の腰を、亨は高く掲げてきた。

「亨。何、を……」

「しっかり、見ておけ」

鶸に見えるように、亨はパンツのファスナーを下ろして左右に開き、猛った己を導き出す。

亨の裸など見飽きるほどに見ているが、こういう状態で見ると、まるで別人の裸のように思える。

夢の中で何度も亨と抱き合っていても、あくまで妄想に過ぎなかった。だから、彼の欲望がこんな風に勃起することは知らずにいた。

亨だって同じだろう。鶸の体が男の愛撫でどんな風に反応するかなど、知らなかったはずだ。だからひとつひとつの反応を確かめるよう、じっくり愛撫してくる。

そして亨の愛撫に、鶸の細胞が細かく反応する。

いまだ信じられないままだ。逃げ出したい気持ちは変わらず、羞恥に塗れている。それなのに足を大きく開き、淫らな姿を亨に晒している。そんな鶸に、亨の勃起した欲望の先端がゆっくり押し当てられる。

「俺がどんな風に、鶸の中に入っていくか、その目でしっかり見てろ」

言葉と同時に、狭い場所を押し開くように亨の先端が鶸の体内を貫いていく。

腰を高く掲げられているために、どんな風に亨が鶸の中に入っていくのかが見える。

浮き上がった血管が脈動する様も、強い締めつけに亨が小さな呻き声を上げる様も、異物を挿入された刹那、たった今射精したばかりの鶸自身が、いやらしく反応することもすべてが見えてしまう。

亨はゆっくり腰を前に進めながら、鶸のものに手を伸ばしてくる。自分が吐き出したもので濡れたそれは、亨の手に触れられた瞬間、浅ましくもまた力を取り戻していく。

「そして俺が入ったお前の中がどうなっていくかも、しっかり見てろ」

ぐっと大きく腰をグラインドさせた亨は、ゆっくり上半身をずり上がらせて鶸の頬に手を伸ばしてきた。

「鶸」

そして名前を紡いだ唇が、鶸の唇に重なってくる。

「鶸、鶸、鶸……」

何度も名前を繰り返しながら、同じだけ啄むようなキスをされる。

「わかるか、俺がお前の中にいるの」

頭を抱えられるようにキスされる。触れ合う唇から伝わる温もりに、何も考えられなくなる。

「絶対に忘れるな。俺がどういう風にお前を抱いたか。どんな風にお前の中を犯しているか」

忘れようとしても忘れられるものではない。声も言葉も仕種も何もかも、鶸は記憶してしまう。

亨が忘れろと言ってももう駄目だ。

絶対に叶えられないと思っていた夢だった。鶸がどれだけ亨を想っていても、亨が自分を振り返ることなどあるはずがないと思っていた。

亨がどんなつもりでこんなことをしているのかわからない。一方的に始まったこの関係がいつまで続くかもわからない。

鶸の亭への想いは遂げられるものではないと思っていた。

歌舞伎の世界に生きていくのならば、男同士でも夫婦になれるし恋人同士になれる。相手に恋焦(こ)がれて命を断つほどの激しい恋愛もできる。だからそれ以上望まないつもりでいたのに、鶸は知ってしまった。亭の肌の温もりも自分に向けられる情熱も。

もう知らないフリはできない。一度知ってしまったらもっと欲しくなる。

「俺はお前を絶対に離さない」

激しい突き上げとともに、鶸の意識は真っ白に霧散(むさん)していった。

煽情

西條鶸は、これまでにないほど全力疾走を強いられていた。高校の制服姿で足元はローファー。肩からは重たい教科書の入った鞄を掛けているために、走りにくくてしょうがない。

「ちょっと、鶸くん。遅いよ。早くしないと始まっちゃう」

かなり前を走っていた弟の若葉に苛立ったように言われて、鶸はカチンときた。

「ふざけるな。元々予定の時間に遅れて来たのはどこの誰だと思ってる？」

「わかってる。僕でしょ？　お説教なら後でいくらでも聞くから、今は急いで。これで公演を観損ねたら、鶸くん、もっと怒るでしょ？」

「……っ」

若葉の言うことはもっともだった。だから腹にぐっと力を入れて怒りを堪える。そして目的地に向かって、最後の気力を振り絞って走る。

向かう先は二十三区内にある文化センターホールだ。そこでは今日、日舞の一流派の舞踊披露会が開催される。いわば発表会に過ぎないのだが、鶸がその情報を仕入れたときには既に、一枚一万円のチケットはほぼ完売状態になっていた。

歌舞伎の家に生まれ歌舞伎役者である鶸の伯母も、伝統ある日舞のとある流派の家元で弟子も多い。それでも、舞踊発表会のチケットが完売するのは非常に稀だ。

もちろん会場の規模や開催の時期にもよるが、本来舞踊の発表会は弟子たちの日々の成果を発表するための場であり、一般客が押し寄せるような場所ではないのだから、ある意味当然といえた。

つまり暁流の舞踊会が特別なのだ。

まだ新しいどころか、鶚の流派から半ば離反する形で独立して数年、初代家元の息子である暁璃寛(りかん)が二代目を継ぐことになったばかりだ。

にもかかわらず、なぜそんな舞踊発表会のチケットが完売するのかと言えば、答えは簡単である。若手歌舞伎女形(おんながた)で人気の常磐紫川(ときわしせん)が出演するからだ。

「鶚くん。早く早く！」

エントランス前に延々と続く階段の頂上で、若葉が手招きしている。

「ったく……なんだ、あいつは」

駅からここまで十分余りの間、ひたすら走り続けてきた。息苦しさに体を折って荒い息をする鶚と違って、若葉は軽い足取りで階段を駆け上っていった。それでも、息ひとつ切らすことなくぴょんぴょん飛び跳ねて鶚を呼んでいる。

幼馴染みであり鶚と同い年の歌舞伎役者である、橋元仙齋(はしもとせんさい)こと内山亨(うちやまあきら)を含めた三人の中で、若葉が一番年下なのに一番体力がある。

小さい頃は鶚の後ろにくっついて、鶚の真似ばかりしていた。鶚よりも背が高くなったのはいつだったか。

鶚と若葉は、外見的にはあまり似ていない。

鶚は母親似で女性っぽい顔立ちで、若葉は父親似で凛々(りり)しい。体つきも、鶚は華奢(きゃしゃ)で若葉のほうががっしりしている。性格も正反対のようになっている。

気づけば鶚の後ろから横に移動し、さらに前を歩くときすらある弟は、常に前向きで常に楽観的な考え方をする。末っ子特有の要領の良さを持つ弟が、鶸は妬ましくもあり羨ましくもあった。

そんな若葉が、階段を上り切ったところで、鶸を手招きしている。へとへとになりつつその手を摑んだ鶸に、若葉は満面の笑顔を向けてきた。

「ぎりぎり間に合った。良かったね。今やってる演目の次だって」

鶸が紫川の舞踊を観に行くと話すと、当然のように若葉は「自分も行く」と言った。さすがに兄弟二人して、暁流の発表会に顔を出したら問題だろうと、なんとか諦めさせようとしたのだが、若葉は嫌だと拒んだ。だから仕方なしに二人で一緒に行くことになったのだ。

そして今日、学校帰りに会場の最寄り駅で待ち合わせをしたのだが、冒頭のように若葉が予定より大幅に遅刻してきたのである。

受付でもらったプログラムと座席表を確認しながら、若葉は観客席へ繫がる二重の分厚い扉を押し開く。そしてさらに奥の扉を開くと、馴染みのある長唄が聞こえてきた。

明るく照らされた舞台の上では、着物姿の女性が踊っていた。

邪魔にならないよう扉のすぐ前で演目が終わるのを待っていると、不意に隣から若葉が肘で小突いてくる。隣に立っていると、体格の差を思い知らされるのがムカつく。だから、なんだろうかと思いつつ、鶸はあえて無視した。

「鶸くん……」

そうしたら今度は潜めた声で名前を呼ばれる。

「うるさい。大人しく見てろよ」

潜めた声で戒めつつ若葉を振り返ると、若葉はある方向を見るように視線で促してくる。その視線を追いかけた鶸は、思わず全身を震わせた。

観客席の中段右側の端の席に、一際目立つ姿勢のいい男が座っていた。黒縁眼鏡を掛けた姿の、軽い癖のある髪の持ち主――神経質そうな端整な横顔は、内山亭のものだった。

「なんで亭が……」

思わず鶸が呟いたとき、前の演目が終わったらしく、幕が下りて拍手が起きる。

「座ろう、鶸くん」

腕を引っ張られて席に移動した鶸は、亭に気を取られながらも舞台に目を向ける。

今まで静まっていた観客席もにわかにざわつき、ひそひそと声が聞こえてくる。

「次でしょ」

「いよいよね」

興奮した様子の声を聞いているだけで、人々が次に舞台に現れる人目当てにここを訪れていることが知れる。

鶸もそうだ。

膝の上に置いた掌に浮かび上がる汗を感じながら、全身全霊を舞台に集中させる。

波を表現する太鼓の音に合わせるように幕が上がるとともに、盛大な拍手が沸き起こる。しかし舞台の上には一本の松があるだけ。太鼓の音が終わり、三味線の演奏が始まる。

歌舞伎舞踊である『汐汲』は、能の『松風』を元にしている。須磨に流された都の在原行平は、その土地の姉妹である、松風、村雨(むらさめ)という女性と契りを交わしながらも、都に戻ってしまう。別れに行平は烏帽子(えぼし)と狩衣(かりぎぬ)を置いていく。姉妹はまた行平と会えることを願っているのだが、行平は都に戻ってすぐに死んでしまう。

そんな行平を想った姉妹の踊りだ。

長唄の前奏とともに、舞台下手から登場する烏帽子に島田髷(しまだまげ)で狩衣姿で登場する松風の姿に、劇場が割れんばかりの拍手が再び起きる。

すり足で舞台中央に立ち、担いでいた桶を置いた烏帽子姿の松風に、鶸の全身が震え上がる。ただ立っているだけでその人は、周囲の視線を己に釘付けにする魅力に溢(あふ)れている。

「綺麗(きれい)……」

ため息とともに思わず紡がれる感嘆の言葉に、鶸は同意しながら当然だとも思う。その人の登場によって、一瞬にしてこの場所が、実際の須磨の海岸のように思えてしまう。

常磐紫川――本名を春日志信(かすがしのぶ)という彼は、鶸と若葉の年の離れた従兄弟であり、常磐花菖蒲(あやめ)という、夭逝(ようせい)した稀代の女形を父に持つ。鶸は花菖蒲の舞台を映像でしか観たことがない。鶸にとって紫川は、最高に美しく素晴らしい憧(あこが)れの女形であり、目標でもある。

小さい頃は色々舞踊や芝居を教わり、数年前までは一緒の舞台に立ったこともある。しかしここ数年、その実力と美貌ゆえに若手役者の舞台のみならず大御所の役者からも声がかかるようになり、すっかり手の届かない存在になっていた。

鶸自身、高等部に上がってからは学校も忙しくなったこともあり、顔を合わせる機会も減ってしまい、テレビや雑誌などの媒体を通して姿を見ることのほうが多くなってしまった。

それでも時間のあるときはできるだけ、紫川の出る舞台には足を運ぶようにしている。

しかし今日は、そんな舞台とは少々状況が異なる。

若葉と二人で暁流の舞踊発表会に来ていると親に知れたら、きっと後で怒られるだろう。

当然、親には黙って来ているが、何しろ狭い世界だ。いずれ耳に入るだろうことは覚悟の上だ。それでも鶸は、どうしてもこの発表会で踊る紫川を観たかった。

ちなみに紫川の母は、鶸たちの習う日舞の家元だ。当然紫川も同じ家元に習っている。それなのに、どうして暁流の発表会に出演しているのか、鶸は詳しい事情を知らない。

ただ今回が初めてではない。話によると紫川は、今の家元である璃寛が二代目を襲名してから、発表会に出演しているらしい。

初めてその事実が明るみに出たとき、様々な憶測が飛び交った。離反した形で独立した暁流を、とうとう家元が許可したとか、紫川が母親と仲違いして流派を出た、など。

でもいずれの噂も正しくない。

今や紫川は母親と一緒に師範の立場で弟子を持っているし、暁流を家元が認めたという話も聞いていない。

それなのに紫川は、年に一度とはいえ暁流の舞台に立っている。

それも、歌舞伎の舞台でも、本来の流派の発表会でも観られない、特別な振りの舞踊を踊るのだ。

最初のうちは、半ば好奇心から紫川の舞踊を観たい人が暁流の発表会を訪れていた。しかし今はそんな特別な紫川の舞踊を観るために、人々が押し寄せるようになっていた。

もちろんいまだに、「この舞台に立つ理由」を邪推する人はいる。鶸自身、まったく無粋な気持ちがないと言ったら嘘だ。親の目を気にして今まで気になりながらも足を運べずにいたし、いざ実際チケットを手に入れても、今日この日が来るまでどこか後ろめたい気持ちがあったのも事実だ。

しかしいざ舞台に立つ紫川の姿を目にした瞬間、余計な想いが綺麗に消え去り、ただ『汐汲』を踊る紫川の姿を目で追いかけている。

途中、後見が現れ、桶を置いて中啓という扇を手に踊る。

紫川のすごいところは、ただ美しいだけではない点だ。場面場面ごと、長唄の歌詞に合わせた情緒的な表現が、意味がよくわからない人間にも手に取るようにはっきり伝わってくるところだ。

父親譲りの圧倒的な美貌ゆえに、どうしても姫や花魁といった派手で華やかな役柄を演じることが多い。最近では、『助六』の揚巻などがそうだ。元々華やかな舞台に、まさに浮世絵から飛び出したようなほろ酔いの花魁姿に、登場したその瞬間から誰もがため息を吐かずにいられない。そんな紫川が本領を発揮するのは、恋人である助六の悪口を言う髭の意休相手に啖呵を切る、いわゆる「悪態の初音」と呼ばれる場面だ。

どれだけ揚巻という花魁が恋人を愛し、意休を嫌っているかということが、口調や表情、目線のすべてから伝わってくるのだ。そしてそのあとに続く、花道からの助六の登場を否応なしに盛り立てる。

女形を目指す鶸にとって、以前から揚巻はいつかは演じたい役のひとつだ。紫川の揚巻を観たことで、その想いは強くなった。

同時に、紫川の揚巻こそが「正解」だと思ってしまったことで、己が演じるときのハードルが高くなってしまった。

紫川の演じる女形は、これまでに見た諸先輩方の役と、何かが違うと思っている。もちろん「型」も「台詞」も「所作」も同じだ。それぞれの役者は家によって、多少の違いは当然ある。

だが紫川の場合は、もっと根本的な何かが違う。

以前、若葉とも話したことがあるのだが、彼には鶸の言わんとしているところが伝わらなかった。立役(たちやく)が基本で女形をあまり注意して観ていないせいかもしれない。

でもとにかく違う。

『汐汲』を観ていても強くそれを感じる。

「磯馴松(そなれまつ)の懐かしや」

狩衣が引き抜かれ、黒地の帯に赤地の振り袖姿に変わると、一際大きな拍手が起きる。行平のことを思う、クドキと言われる聞かせどころ、見せどころが訪れる。

脱いだ狩衣に亡き恋人を想い悲哀を踊りで表現していく。その狩衣に心があるように、優しく触れる紫川の指先を見ていると、それだけで胸が熱くなり鶸の鼓動が高鳴ってくる。切なくて愛おしい。視線の先に、誰かがいるのではないかと思えるほどの表情に、観客席の空気も変化していく。

そしてまた場面が変わる。

「濡れによる身は傘さしてござんせ」

三つの傘を重ねた三蓋傘(さんがいがさ)という子どもの玩具を持って踊るこの場面は、子どものように踊れと言われている。

それゆえに、先ほどまでの、恋人を失った憂いを帯びた女性の表情が紫川の顔から消えて、どこかあどけなさを感じる子どもの顔を見せている。

そして最後——再び狩衣と烏帽子を左手に、右の手に中啓を持ち、波の音が聞こえてくる。

拍子木の打たれた音ではっと鶸が我に返ると、ゆっくり幕が下りていた。

二十分ほどの舞踊が終わったところだった。


「鶸くん、大丈夫?」

若葉に引っ張られるように客席を出てロビーに移動してからも、鶸は現実に戻れていなかった。

鼓動は高鳴ったままで頬は紅潮したままだ。心配した若葉が買ってきてくれたペットボトルのお茶を飲むことなしに、火照った額に押し当てる。

「……すごかった」

溢れるほどの感動が押し寄せているのに、口をついて出るのはそんな陳腐な言葉だけだ。

「すごいね、マジで」

しかし若葉の感想を聞くと、本当に感動しているのだろうが、なぜかやけに薄っぺらく感じられてしまう。

「何、その目」

若葉は兄の視線での抗議に素早く気づいたらしい。

「お前、少し、語彙を増やせ」

「え、なんで？　これでも本気ですごいって思ってんだよ」

「そうだろうけど……」

でもイマドキのルックスでイマドキの言葉で表現されると、紫川の実際の素晴らしさの十分の一も
感じられない。

「ところで鶸くん、志信ちゃんに挨拶していく？」

「え？」

思わぬ問いに鶸は短い声を上げる。

「あ、どうしよう……会いたいけど……よくないかな」

「ここまで来たらいいも悪いもないんじゃない？」

若葉のあっけらかんとした言葉に、確かにそうだと思い直す。

「じゃあ、せっかくだから挨拶していく」

「そ？　じゃ、僕は帰るから、志信ちゃんによろしく」

「ちょ、待った」

帰ろうとする若葉の腕を、鶸は慌てて摑んだ。

「何？」

「お前は志信ちゃんに挨拶しないの？」

「うん。この後、用があるんだ」

「だったらなんでわざわざ……」

「鶸くん、一人で来させたくなかったから」

「それって……」

「怒られるの、一人でより二人のほうがいいじゃん？」

若葉はあっさりここに来た理由を明かす。

鶸は茫然と、突然に大人びたように感じられる弟の顔を凝視する。

「僕のため？」

「もちろん、志信ちゃんの踊りも観たかったよ」

満面の笑みで答えると、力の抜けた鶸の腕から逃れる。

「というわけで、志信ちゃんによろしく」

「僕、一人で楽屋に行けって言うの？」

歌舞伎座（かぶきざ）などの通い慣れた劇場ならともかく、ここは他流派の発表会会場だ。

「一人じゃないでしょ」

「他に誰が……」

尋ねかけた鶸の脳裏に、客席で見かけた亨の横顔が蘇（よみがえ）る。同時に背筋がぞくりと震え、胸が締めつけられるような感覚を覚える。

「亨、どこに？」

「知らない。僕らが観客席から出て来たときにはもう、姿はなかったよ」

つまり亨が実際に紫川に挨拶に行っているか、若葉も当然知らないのだ。

「ホント、口ばっかりだな」

「ひどいな。でも亨ちゃんなら、舞台観に来て挨拶しないで帰るって、あり得ないでしょ」

肩を竦めて紡がれる若葉の言葉はもっともだった。

亨の父親は上下関係や礼儀作法に厳しい人なのだ。

同じ産婦人科で数日違いで生まれた幼馴染みは、住んでいる場所も近い。子どもの頃から一緒の稽古場に通い、同じ学校に通って一緒に過ごしてきた。

歌舞伎役者を目指しともに励んできた友人であると同時に仲間だと思ってきた亨と距離ができたのは、中学に上がった頃からだっただろう。挨拶する程度の関係になったのは、亨が他の高校に編入してしまってからだ。

それでも鶸に対する態度が変わっただけで、亨の歌舞伎に対する情熱が薄れたわけではなかったらしい。

事実、この夏に行われた、若葉を含めた三人が中心になって行った自主公演の『三人吉三巴白波(さんにんきちさともえしらなみ)』では、鶸の演じるお嬢吉三(じょうきちさ)と恋仲となるお坊吉三を、実に色っぽく悪く演じてみせた。

一週間に亘(わた)った公演のチケットは完売し、千秋楽には立ち見も出たほどだ。

大盛況だった公演の評判は歌舞伎興行を執り行う竹林(たけばやし)の若社長にも伝わり、来年早々浅草(あさくさ)で行う若手歌舞伎公演で再演されることになったほどだ。

達成感のある公演だったものの、夏のことは思い出すだけで鶸は落ち着かない気持ちになる。

『鶸……』

胸の奥を揺さぶる低い声が鼓膜を揺らす。

子どもの頃から常に一緒だった男が、知らない男になった瞬間は、誰よりも一番知っている男になった瞬間でもある。

鶸にとって歌舞伎役者としての憧れは紫川だが、鶸の一番好きな顔は亭の顔だった。

若葉と同じぐらい、常に近くにあった顔は、細面で面長な面差しと、常に微笑んでいるような口元と、笑うとなくなる目元——その顔をこれまでにないほど身近に感じたのは、一学期の終業式を終えた直後の、自宅にある稽古場だった。

噎せ返るほどに暑い稽古場の硬い床に背中を押しつけられ、足を大きく左右に開かれ、露になった腰の奥に亭の猛った欲望を突き立てられた。

その光景を思い出すと、背筋を電流のようなものが走り抜けていく。咄嗟に自分の体を抱き締め、込み上げてくる感覚を必死に堪える。

「……最悪だ」

思わずぼやく鶸にとって何が最悪かと言えば、夏の記憶が決して「最悪」ではないことだ。シチュエーションや亭の台詞やその他諸々、納得のいかないことや気に食わない点や、頭に来ていることも多々あるのだが、行為自体は「最悪」ではなかった。

理由は至極明瞭。鶸は亭のことが好きなのだ。

家族に抱くのに似た感情が恋愛のそれに変わったのがいつか、具体的には覚えていない。おそらく初めて亨にキスをした小学生のときは、キスという行為に対する好奇心のほうが強かった。

しかし二度目のキスは、明確に意味があった。

彼女ができたと亨に宣言された夜、テスト勉強をしながら先に眠ってしまった唇にそっと口づけた。

だが鶺のこの想いは亨に打ち明けるつもりなどなかった。胸に秘めたまま、歌舞伎役者としてともに歩んでいけるだけで十分だったのだ。それなのに亨は、鶺の秘密のキスに気づいていただけでなく、自分に向けられる気持ちも知っていた。

『俺のこと、好きなんだろう？』

繰り返された言葉は、はっきり鶺の記憶に刻まれている。言葉だけではない。あのときどんな風に亨が鶺を抱いたかも、頭だけでなく体でも記憶している。

一度だけでは終わらなかった。

射精しても射精しても許されず、亨は鶺の体を支配していった。向かい合わせで抱かれ、背後から貫かれ、さらに膝の上に乗って自分で腰を揺らした。

意識は朦朧としていて理性も思考も溶けてなくなっていたのに、鶺はあのときのすべてを哀しいぐらい覚えている。

だが、いつどうやって行為を終えたのかは覚えていない。

深夜、誰もいない稽古場に差し込む月明かりの中で鶺が目覚めたとき、そばには誰もいなかった。

一瞬、夢だったのかもしれないと思ったものの、腰に残る鈍痛と、全身に残る情事の痕が、間違いなく現実だったことを鶸に突きつけてきた。

足腰がろくに立たない状態で必死に浴室に向かい、体に残る亨の痕を洗い流しながら、涙が溢れてどうしようもなかった。情けなくて悔しくてしょうがないのに、心のどこかに喜んでいる自分がいた。体に残るキスマークを指で辿るだけで快感が全身に広がった。ばかだと思うのに、切なさが募った。でも仕方がない。絶対に報われる想いではないはずだった。伝えるつもりもなかった。ただ舞台の上で、恋人を演じられればそれでよかったのだ。

それなのに——唇には貪るようなキスの感触が残り、体の奥に熱い疼きが刻まれた。最悪なのは、そこに自分では触れられないことだ。他の誰かとセックスしない限り、亨の記憶は消えない。他の誰かとセックスすることなど今の鶸に限ってありえない。だから、この先鶸の体内から亨の記憶が消えることはない。

あの夏の日以来、亨が鶸に触れることはなかった。ただ黙々と稽古をして、公演を行い、二学期が始まってからはまた、挨拶をするだけの関係に戻っていた。

今日の紫川の舞踊発表会も、若葉を誘うつもりは全然なかったものの、亨については悩んだ。というのも、亨が暁の二代目家元である、璃寛の振付に興味を持っているのを知っていたからだ。

璃寛が二代目を襲名してから、様々な役者が振付を頼むようになっていた。最近では家柄に囚(とら)われない藤村虎之介(ふじむらとらのすけ)の舞踊公演の振付が非常に独創的で見応えがあったと褒めていた。

だが結局話をするタイミングもないままに今日の日を迎えたのだが、まさかここで亨に出くわすとは思ってもいなかった。

亭は鶸と若葉に気づいただろうか。

そんなことを考えながら、受付にいる人間に己の素性を明かし、紫川に挨拶すべく楽屋を教えてもらう。一度表に出て裏側に回るらしい。

礼を言って会場を出ようとすると、「そういえば」と思い出したように付け足してくる。

「少し前に他の方に、紫川さんの楽屋を聞かれたそうなので、どなたかいらっしゃるかもしれません」

「わかりました。ありがとうございます」

改めて礼を言いながら頭に浮かんだのは亭の顔だった。ほんの少しの気まずさを覚えつつも、こういうタイミングでなければなかなか顔を合わせることもない。

教えてもらった通り会場外に出て楽屋口へ回ると、警備室で入室用のバッジをもらう。そして細い通路を先に向かい紫川の楽屋口前へ辿り着くと、扉がわずかに開いていた。

「志信さ……」

「……なんでしょう?」

声を掛けようとした瞬間、中から聞こえてきた声は亭のものではなかった。もっと低くてもっと棘(とげ)の感じられる声に覚えがある。そっと中を覗(のぞ)き込むと微(かす)かに後ろ姿が見える。竹林の若社長だ。

紫川と若社長が、子どもの頃から親しくしているのは知っている。とにかく多忙で会社の社長室にいる姿を滅多(めった)に目にすることがないと言われている男が、歌舞伎の本興行でもない公演にわざわざ足を運んでいるのはどうしてなのか。

「文句言うなら、観に来なければいいんですよ」

「そんなつれないことを言わないでください」

鏡の前で顔を落としながら強い口調で返す紫川の細い背中に、若社長の手が触れる。その手に紫川の手が重なった次の瞬間、振り返った従兄弟の唇が若社長の唇に重なっていく。

「――っ」

驚きで上がりそうになった声を両手で必死に抑える。予(かね)てから紫川には、色々な男との噂が絶えない。それこそ暁の二代目家元や、上方歌舞伎の若手人気ナンバーワンと謳(うた)われる澤松京之助(さわまつきょうのすけ)。他にも後援会のお偉方など、例を挙げればキリがない。

紫川は同じ男である年下の鶸から見ても、女形のときはもちろん普段の姿のときも綺麗だ。だから、紫川に惹(ひ)かれる人の気持ちがわからないではない。

でもこんな形で憧れの人と、よりにもよって竹林の若社長とのキスシーンを目の当たりにしたら、動揺しないではいられない。おまけに――キスされる紫川が、女形のときに醸(かも)し出される雰囲気よりもさらに濃厚で、滴(したた)り落ちそうな艶を解き放っている。

大きくはだけられた胸元に、紫川のものではない手が忍び込み、着物の陰に隠れた場所に触れたのだろう。口づけたままの紫川の体が小刻みに震えた。

鶸は激しく混乱していた。見たら駄目だと思う気持ちは働くのに、足が動かない。

ただその場で立ち尽くすしかない鶸の腕が、不意に横から摑まれる。何が起きたか確認する間もなく、腕を引っ張られて楽屋口近くのトイレの個室に引きずり込まれる。

そして抗議しようとした唇を、紫川と同じで相手の唇で塞がれる。

「あ……っ」

後ろ手に扉の鍵を閉め、鶏の体を狭い個室の壁に押しつけてくる。

「ん……っ」

息継ぎする余裕もないほど激しく唇を貪られ、半開きになった唇の間から舌が忍び込んでくる。歯列を割り歯の裏を刺激されると、頭の中が白くなりそうだった。膝の力が抜け、がくりと体のバランスが崩れた瞬間、白濁しかけていた意識が鮮明になる。同時に、自分にキスをしている相手の胸を全力で押し返す。さらに抗議の意思を伝えるべく重なる唇に歯を立てる。

「……痛っ」

乱暴に離した唇を無造作に手の甲で拭った内山亨は、黒縁眼鏡で隠れた眉を思い切り顰(ひそ)めた。

「何するんだよ」

思い切り不機嫌そうな言葉に、鶏はカッとした。

「それはこっちの台詞……」

「声が大きい」

咄嗟に言い返そうとするが、その唇にまた熱い唇が覆い被さってくる。

両手を頭の上でひとまとめにされて壁に縫いつけられ、無防備になった下肢に膝を押し当てられてしまう。

「……っ」

「紫川さんたちのキスを見て、興奮したのか?」

唇の触れる距離で揶揄するように言われて、鶸は目を見開いた。その反応に亨は口元に笑みを浮かべる。

「図星だ」

「違……ん、ん……っ」

否定しようとした言葉は、再び重なってきた唇に吸い込まれ、忍び込んできた舌に口腔内を凌辱される。咄嗟に舌を引いたがすぐに追いかけられ縁を刺激され強く吸われた。さらに膝を揺らされると、下肢が高ぶってしまう。

執拗で巧みなキスで抵抗する気持ちは削がれ、体の内の熱が上昇してくる。気づけば腕の縛めは解かれていた。自由になった手は無意識に亨の背中に回ってシャツに必死に縋りつく。

求められるままに舌を動かし注ぎ込まれる唾液を呑んでいるうちに、否応なしにあの夏の日の情事を思い出す。

あの日以来、亨は鶸に必要最低限にしか触れることはなかった。だからあのときのことは、絶対、離さないと言ったのは亨なのに——亨の中でなかったことにされているのかと思っていた。

「亨……」

「そんなにキスがしたいのか？」

離れていく唇を追いかけるように名前を呼ぶ鶸に、亨は冷ややかな視線を向けてくる。図星を指されて視線を外そうとするものの、顎を捉えられてしまう。

「あ……っ」

「口を開けて舌を出せ」

躊躇いつつも言われるままに舌を伸ばすと、その舌を亨は自分の舌先で突いてくる。口腔内で行われていることをリアルに目視した瞬間、全身が震え咄嗟に舌を引っ込めようとした。だが亨はその瞬間、ダンッと鈍い音を立てながら鶸の顔の脇に突くと同時に、鶸の舌を唇で食んできた。柔らかく強制力もないその感触に、腰がぞくぞく震える。

「鶸」

熱い吐息に舌を震わせながら、ふと、亨の唇から微かに血が滲んでいることに気づく。さっき自分が歯を立てたせいだと気づいて目を見開く鶸に、亨も気づいたのだろう。

「嘗めろ」

何をかは言われなくてもわかった。鶸は亨の唇に浮かぶその血を、己の舌で拭っていく。ほんの少し広がる鉄の味に、鶸は不思議な感覚を覚える。

「何、硬くしてんだ?」

亨はすぐ鶸の反応に気づいたのだろう。足の間でさらに硬くなった鶸の欲望を、無造作に左の手で服の上から摑んできた。

「……っ」

「どうした。ここ、触ってほしくないのか」

咄嗟に首を竦め全身を強張らせる鶸の耳朶を、亨は熱い息を吹きかけながら嚙んでくる。耳殻を嚙まれることで生まれる背筋を這い上がる快感で、さらに下肢に熱が溜まってしまう。

「鶸」

ピチャリという猥雑な音が鼓膜を揺らす。

「どうしてほしい？」

言葉で問いながら、指を巧みに動かして鶸自身を煽ってくる。布越しの愛撫でも、男の指先の温もりが鶸の肌に蘇る。

暑かったあの日。

噎せ返るような空間で、ただひたすらに互いの欲望を晒された。

心も体も露にされ、表も裏も余すところなく亭に見られた。

体の奥深くに埋められた亭の熱は、今もはっきり思い出すことができる。そのぐらい鮮明な記憶に、体が上擦ってくる。

あのとき亭は、鶸を絶対に離さないと言った。だが以降も二人の関係は体を繋ぐ前となんら変わりなかった。むしろ、濃密な時間を過ごしてしまったから余計に、距離を覚えてしまう。

でも亭の言葉は事実だった。鶸は亭から絶対に離れられなくなっていた。無視され距離を置かれても、常に亭のことを考えてしまうのだ。

亭の裸など、子どもの頃から何度も見ている。黒子がどこにあるかも知っているぐらいだった。そんな体を目にすると、鼓動が速まって頬が紅潮するようになってしまった。ただ亭が汗を拭う仕草に興奮していると知られたら、呆れられてしまうかもしれない。

あの夜を思い出してどうしようもなく切なくなった夜は一度や二度ではない。

自分でするのが嫌で、それまで自慰はほとんどしていなかった。それなのに堪えられず、何度となく自分で自分を慰めた。そんなとき頭に思い浮かべるのは、あの日の行為だ。

どんな風に亨が自分に触れたか。自分を嘗めたか。自分を貫いたか。

何もかも知っているつもりで、何も知らなかったことを思い知らされたのは、体の中に熱い楔（くさび）を打ち込まれたときだ。猛った欲望がどんなに硬くどんなに熱く、どんなに鶸を溶かしてしまうか、想像したこともなかった。

でも鶸は知ってしまった。あの男の性器が愛撫で高ぶることで、どんなにいやらしく硬くなっていくか。

どんな風に自分の体に入って内壁を擦ってそこを抉（えぐ）っていくか。

蘇る己の痴態（ちたい）に、鶸は思わず己の目元を覆う。

「駄目だ」

でもすぐに亨にその手を退けられる。

「何をしているか全部見てろ」

亨は鶸の指をしゃぶり、一本ずつ丹念に嘗めていく。

ピチャリ、ピチャリという音が耳からも鶸を煽る。

「鶸」

こうして名前を呼ばれるのもいつ以来だろう。名前を呼ばれるだけで、鶸の心は弾んでしまう。

「鶸。何をしてほしいか言ってみろ」

ぐっと痛いほどに握られた下肢のドクドクという疼きを覚えながら、目の前の男を見つめる。

急激に溢れてくる唾液を飲み干してから、心の底から湧き上がる想いを言葉にするため、唇を開いた——。

あとがき

「虎之介って誰？」と思われた方が多いかもしれません。

今回は視点を変えて、普通の大学生である芹の目から歌舞伎の世界を、そして虎之介を見てもらいました。芹と一緒にドキドキしてもらえたら嬉しいです。

同時収録の「煽情」は、単行本『梨園の貴公子～破瓜～』のサイドストーリーになります。ご存じない方は、この機会にぜひ合わせて読んでくださいませ。

長く続けさせていただいたこの話も、今回でひと段落となります。皆様のリクエストがあれば、またいつか同じ世界でお会いできるかもしれません。

鶸や亨たちの話は個人的に細々続けていこうと思っています。

いつも素晴らしいイラストを描いてくださいました円陣闇丸様。お忙しい中、本当にありがとうございました。

担当様にも、色々お世話になりまして、ありがとうございました。

最後になりましたが、この本をお手に取ってくださいました皆様へ。ありがとうございました。またお会いできますように。

平成二十八年最後の本です　ふゆの仁子

◆初出一覧◆
虎之介の恋人～梨園の貴公子番外編～／書き下ろし
初枕　／小説ビーボーイ（2014年1月号）掲載
煽情　／小説ビーボーイ（2014年7月号）掲載

ビーボーイノベルズをお買い上げ
いただきありがとうございます。
この本を読んでのご意見・ご感想
をお待ちしております。

〒162-0825 東京都新宿区神楽坂6-46
ローベル神楽坂ビル５Ｆ
株式会社リブレ内 編集部

リブレ公式サイトでは、アンケートを受け付けております。
サイトにアクセスし、TOPページの「アンケート」から該当アンケートを選択してください。
ご協力をお待ちしております。

リブレ公式サイト　http://libre-inc.co.jp

虎之介の恋人～梨園の貴公子番外編～

2016年12月20日　第1刷発行

著　者――――ふゆの仁子
©Jinko Fuyuno 2016

発行者――――太田歳子

発行所――――株式会社リブレ
〒162-0825
東京都新宿区神楽坂6-46ローベル神楽坂ビル
営業　電話03(3235)7405　FAX03(3235)0342
編集　電話03(3235)0317

印刷所――――株式会社光邦

ISBN 978-4-7997-3171-0